漱石犬張子

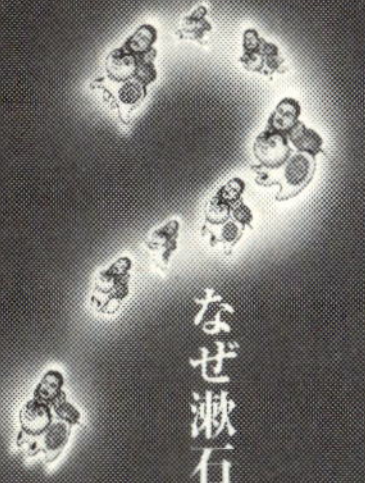

なぜ漱石が？

村田 有

文芸社

漱石犬張子

漱石犬張子　目次

本文・カバーカット　村田　有

第一章「紙幣に眼鼻をつけた丈の人間じやないか」

僕は犬である。名前は「ロボ太」。昨今、どういう訳かコンピュータ・ロボットのペット・ドッグが流行っているが、あれではない。あれは、何だか持ち主の官能をくすぐる淫靡な道具みたいな気がする。僕はショボクレ男に拾われるまでは、ただ道に寝そべっていた野良にすぎない。

突然だが、夏目とかいう偉い文学者、漱石先生の名文を借りさせてもらう。先生との出会いについては後ほど記すつもりだが、一九〇一年、ロンドン留学時の日記に『公園ニチユーリップノ咲クノハ奇麗ダ其傍ノロハ台ニ非常に汚苦シイ乞食ガ昼寝ヲシテ居ル大変ナ contrast ダ』

と記されている。それから百年後の二〇〇一年、日本の公園にはたくさんのホームレス氏がたむろしている訳だ。とすればだ、これから百年後の二一〇一年にはいったいどこの国の公園に――なんてことはさて置いて、僕の寝床も先生曰くのロハ台だった。ロハ台とは、ロハ、つまり「只」で掛けられる台。要するにベンチ。僕は生まれた時の記憶はまるでないのだが、初めて意識というものを持ったのはこのロハ台の下だった。最初の頃はそのベンチには誰もいなかったのだけれど、いつの頃からか常時風体あまり芳しくない男が寝転ぶようになった。いわば二段ベッドみたいなもので、上はホームレス氏、下は僕。当時の僕は、公園のゴミ捨て場で好きなものだけ選って食っていたから見事な体重だった。少々ダイエットに心がけにゃ、と思っていたものだ。

　そんなある日のこと、ゴミ捨て場で満腹した後公園のはずれをブラブラしていたら、チューリップじゃないけれど奇麗な花の樹を見つけた。後で知ったのだが合歓木《ねむのき》というんだそうで、何とも言えない夢幻的な花に魅せられ、その樹の下に寝そべらせてもらった。かすかに漂う微香にのんびり酔っていると、向こうから一人、ショボクレ中年男が両手をポケットに突っ込んでボソリボソリと歩いてくる。これもロハ台の住人かなと思ったが、よく見ると、顔付きはまるで締まらないのだけれど風采は割合ましな方。しかし、昼ひなかの今頃、ひょっとしたらあの危険きわまる「無職」かも知れない。そう案じながら両腕に顎をのせ、薄目で見つめていた。

が、ショボクレ男、こちらへは顔も向けずに通り過ぎていった。念のために申しそえておく。人様が「前脚」と呼ぶのは誤り。我々にとっては「腕」なのだ。

翌日も同じくブラブラ帰りに合歓木の下に寝転んでいたら、同じ男が同じ時刻にやってくる。妙な男だと、今度はキッパリ両目を開けて見つめると、男も妙な犬とでも思ったのか、前を通る際にチラッと僕を一瞥した。さらに次の日、同場所同時刻、今度はジッと僕を見つめながら男は過ぎていった。それから一週間、僕も欠かさず合歓木の下で寝そべり、男も欠かさず僕を見つめながら合歓木を通り過ぎた。あれは確か八日目だった。その日も男が来るのが見えた。いつも寝そべり姿じゃ失礼ではないか。そう思って両腕を伸ばしてしゃがみ込み「クン」と一声たててやった。男はシゲシゲ僕を見つめながらやはり行ってしまった。ただ、いつも男が曲がる街角まで何度も何度も僕を振り返りながら。さあて、合歓木も堪能したしロハ台へ戻ろうとヨタヨタ歩き始めた時、曲がって消えた角から男があたふた戻ってくるではないか。いったい何事か、と見上げる僕の前に立ち止まり、

「面も妙なら歩き方も変テコだな」

確かそう言ったと思う。が、正直のところ当時はまだ人様の言葉はよく知らなかった。僕の聞く言葉といえば、ロハ台ベッドの上段者、ホームレス氏がボソボソ呟く独り言しかなかったからだ。コ・ン・チ・ク・ショとかク・ソッ・タ・レとかシャー・ナ・イ・ナとかいう雑音的

言語のみだった。だが、僕の頭を軽くポンと叩いたショボクレ男の表情には、いま記したような意味が込められていたはずである。が、もう少しわかるような説明、つまり僕にも理解出来るようなゼスチュアを示してほしいと首をかしげて見せた。すると男はもう一度僕の頭を叩いて何やら呟き、そのまま行ってしまう。今度は後を振り向きもせず。その呟きは僕の耳には「どうだ。一緒に来ないか」と聞こえたのだけれど――。

まあ、いいか。そんなことを僕に言う訳ないやね、とロハ台へ帰りかけたが、あの男どこまで行くのか見てやろうと、男の消えた曲がり角までノコノコ行ってみた。道を曲がって見つめるのも格好よくない。角からこっそり覗いてやろうと首だけ伸ばしてみたら、何としたことか、そこにショボクレ男が立っていたのである。こちらを向いてニヤニヤと。

「遅いじゃないか。早く来いよ」

その日からこの男と同棲している。名付けられて「ロボ太」。路傍に寝ている太った奴だと。実に失礼なネーミングではないか。

それはそうと、僕は雑種犬である。純血種などが高く売買されているが、彼らほど気の毒な種族もいまい。マルチーズと騒がれていたらいつの間にかダックスフント。コリーでなきゃとおだてられていたら突然ビーグル。シベリアンハスキーがもてはやされているうちアッという間にゴールデンレトリバー。今は亡き演歌の女王のエピローグ唄じゃないが、あたかも川の流れのようなありさま。昔から言われている。流行《はや》り物は廃《すた》り物と。そこへ行くと、我々雑種には流行りもなければ廃りもない。常々に平穏無事を祝える訳だ。

そればかりじゃない。我々動物はかけ合わせによって初めて改良されるものなのだ。漱石先生も同じロンドン日記で言っている。『日本ノ人間ヲ改良シナケレバナルマイ夫ニハ外国人ト結婚ヲ奨励スルガヨカラウ』と。国際結婚によって初めて人様も改良されるということだろう。かけ合わせ、すなわち雑種が最高という訳だ。世界で最も美人の多いのは南米だとか。南米人は雑種人だからだ。雑種人がいかにもてはやされているかは、テレビを見ればわかる。どのチャンネルでも雑種は引っ張りだこ。もっとも、何故か人様の場合は雑種とは言わないで混血とか呼んでいるが——どうも差別用語だと思うな。しかしだ、二十一世紀は国際化時代なんだとか。即ち国際結婚の時代ということだろう。とすればだ、今世紀は南米に限らず、日本であろうがどこであろうが雑種、つまり混血だらけになるということだ。言い換えれば、世界中どこへ行っても美人だらけということ。嗚呼、素晴らしき哉二十一世紀よ！

ところで、いま引き合いに出したテレビだが、あのやかましいお喋り箱は、実を言うと僕の言語学習器だった。あの日、ショボクレ男の後についてヨタヨタ彼氏の古い家に着くと、男は靴を脱いでサッと部屋へ上がってしまった。僕は戸惑った。僕には脱ぐべき靴がない。さて、どうしようかと自分の足を眺めていたら、

「足が汚いんだな。さあ、これで拭けよ」
と、一枚の布切れを放りつけてきた。雑巾という名は後で知ったが、その何とも汚いこと。こんなので拭いたらせっかくの足が汚れてしまう、とは思ったが、親切心を無視するのも如何なものかと、拭く真似だけしてピョンと部屋へ上がってやった。それ以来僕の住居はこの飼い主の居間となった訳である。で、ここにあのお喋り箱があった。見たくもなかったが、毎日毎日ギャーギャー騒ぐのでつい目がその箱へ向いてしまう。いつしかそのお喋り箱を見ないと気が納まらなくなってしまった。飼い主が留守でもリモコン・スイッチを鼻でピンと押せばいつでも見れる。そうしているうちに、あたかも門前の小僧みたいなもので、いつの間にかお経を、いや、人様の言葉を覚えてしまった。

我々種族が人様の言葉を理解するなんて？　そう思われる人もおられるかも知れない。が、文学に親しむ人はよく知っておられるはず。あのガリヴァーだって最後には馬の国へ行き、馬たちの誠心誠意、勤勉実直を見て人間世界の醜悪卑劣さを嘆いたものではないか。ドクター・モローもたくさんの動物に南の島で言葉を教えた。サキという妙な名前の英国作家も喋る猫に右往左往する人様の様子を見事に描いている。いや、わざわざ海外に目を向ける必要もなかろう。我が国の最高傑作『吾輩は猫である』があるではないか。

実は、僕は喋り言葉はテレビで覚えたが、覚えてからはその語感が心なしか卑猥に思えるようになった。テレビ言語の品はあまり良くないのではないか。せっかく日本にいるのに、もっと品位ある日本語を知らねば——そう考えていた折、居間のソファーの隅っこにお札が一枚落ちているのを見つけた。飼い主が落としたのだろう。そのお札を見てびっくりした。この顔は確かこの間、飼い主の留守に本棚を引っかき回した時に見た顔だ。本というのはどんなものだろうと、本棚で首の届く下側の棚から一冊ずつ引き出して点検してみたのだ。その時、この顔の写真を見たはずである。僕は急いで本棚へ行って調べた。あった。これだ。同じ体裁の本が三十四冊。お札になるくらいだからきっと偉い先生に違いない。よし、この三十四冊を読んでやろう。そして正しい日本語を覚えよう。そう決心したのだが、その本がずいぶん昔に発行された『漱石全集』だった訳である。

もちろん最初はまるでわからなかった。が、読書百遍意自ずから通ず、である。舌を使って何度も何度もページを繰るうちにわかってきたから不思議なものだ。もっとも、舌を使うのはすぐ止めた。ページがベトベトに濡れてしまうからだ。鼻でやってみた。シンワリ湿った僕の鼻は実にスムースにめくれる。我が意を得て次々にめくっていった。小説は言うまでもない。随想、日記、手紙、断片というメモ等、読めるものは全部読んだ。三十四冊のうちの半分くらいだろう。残りの半分は何度挑戦してもどうしても読めないので諦めた。漢文とか英文とか学術的閑文字とかだ。

こうやって僕は日本語を読めるようになった。先生の使う文字は言うまでもなく旧字。だからそんな字もある程度は読める。もっとも、今じゃ旧字が読めてもあまり威張れまい。テレビ画面だって濱本とか小澤とか櫻井とかやっているのだから。それでも濱辺、広澤なんてやられると妙な気分になる。新なら新、旧なら旧でやるべきだ——などと偉そうなことを言ってみても、僕にも大きな欠陥があることを自白せねばならない。他でもない「喋り」である。聞くことはテレビで、読むことは本で教わった。漱石先生以外にも本棚で首が届く所にあるものは次々読んだ。ただし、その位置にあるのはすべて古い本。いわゆる世界の名作とか怪談集とか。新しいものを読みたいのだが、どうしても首が届かない。

　このように人様の言葉は理解出来るのだけれど、誠に残念ながら人とのコミュニケーションがまるで出来ないのだ。何度も伝達の訓練をするのだが、ワンワン以外にはせいぜいクンクンかキャンキャンくらいしか喋れない。何とか手はないものかと思い悩んでいたら、実に見事な文明の利器を見つけた。漱石先生の言葉に『西洋の文明は積極的、進取的かも知れないが、つまり不満足で一生をくらす人の作った文明さ』というのがある。あまり文明がお好きじゃなかったらしい。が、僕は好きだ。何と言ったってコミュニケーションが出来るのだから。ワープロのことである。飼い主が時々使っているのを見ていたら、すぐ使い方はわかった。鼻でスイッチをポンと押して、同じく鼻でキーを押してみた。何やら文字が三つ画面に出てくる。何度かやってみるのだがどうしても三文字か四文字出てしまう。せっかくの利器なのに、と弱っていると飼い主が笑いかけた。

「何だ、ワープロやりたいのか。お前の鼻じゃ一つのキーを押すのはむつかしいな。ちょっと待ってろ」

そう言って何やらゴソゴソやって、僕の前へウインナーみたいなゴム棒を放り投げた。

「口にくわえて押してみろ。まあフィンガー・スティックとでも呼ぶかな」

ありがたかった。早速やってみた。それをくわえてポンと押せばパッと一文字。ヨーシ、これだ。ポンポンポンポンポンと打って、「ワン」と一声あげて飼い主を呼んだ。

「何々？　『ありがとうこれでしようせつかくよ』だって。よく言うね。漢字の使い方も知らないで」

持つべきものは飼い主なり。その日半日、いろいろ使用法を教えてくれた。ワープロなんて、もう製造するメーカーもなくなってしまった古臭い機械だそうだが、僕には生活必需品となったのである。

ところで、この持つべき価値ある飼い主、半無職、独身、五十歳近いショボクレ男。名は嘉比梨男《かいなしお》。何でも、生まれた頃、家に一本梨の木があったのだそうだ。僕の名前もいいかげんなものだが、あの漱石先生もかなりデマカセに子供たちの名を付けている。無口な奴だろうから夏目黙はどうだとか、金持ちにしたければ夏目富がよかろうとか、申の年に六番目が生まれたから伸六とか、『ど[b]うせいゝ加減の記号ゆえ簡略にてわかりやすく間違いのなきような名をつければよろしく候』と言っている。それはともかく、なぜ五十にもなって独身なのか？まさか木の股から生まれた朴念仁でもあるまいに。不審に思っていたらある静かな秋の宵、ボソリと語ってくれた。学生時代に好きな女の子がいたんだそうな。それも磯の鮑《あわび》ってやつ。短大生だったとか。ところが、その女性、短大在学中にさる有名企業の係長に嫁いでしまった。友人からその話を聞いた嘉比梨男、身が震えたそうである。ああ、純真無垢な乙女よ、お前も情欲に勝てなかったのか！　嘉比梨男にとって結婚とは情欲の別名に過ぎなかったらしい。この片想いの女性の行為が、嘉比梨男の心に深く黒い黴を生やしてしまった。で、嘉比（どうもこの文字はややこしい。飼い主だからカイヌシと呼ぶか――いや、待てよ。甲斐性なしだからカイナシの方がピッタリだな。よし、決めた）、このくだんのカイナシ、女ほどいやらしい生き物はないと、断固女を拒否し続けて今日まで来てしまったのだそうだ。道に寝転んでいた野良の僕を、きっと「男」と見立てたから連れてきたのに違いあるまい。

「ロボ太、俺にだってプロポーズしてくる女が何人もいたんだぜ」

　なぜか妙に思いつめた顔で僕を見つめて呟いたものである。少し可哀想になったのでワープロを打ってやった。

「『吾輩は猫である』の苦沙弥《くしゃみ》先生は言ってるよ。『天下に三の恐るべきものあり曰く火、曰く水、曰く女』」

カイナシが半無職な理由であるが、学校卒業後十五年ほどはある会社に勤めていたらしい。が、突如止めてしまったんだそうな。本社は東京だがカイナシは入社以来大阪支社勤務。入社後十年ほど経った頃のこと。同期入社の同僚では早い奴なら既に係長、遅い者でも主任をやっているのにカイナシはまだヒラ。十二月の初め、課の会議でX課長が喋った。カイナシ、一番隅っこの席で、昨日見たスリラー映画を思い浮かべていた。

「本社より通達があった。当社は上司への虚礼は一切禁止されている。このことは既に十分承知とは思うが、歳暮の時期なので改めて全社員に通告せよとの指令である。絶対に上司への歳暮などはやらぬように。わかったな」

わかるもわからんもない。上司なんかへ歳暮などをする馬鹿が一人でもいると思っているのか！　アホらしい。

その三日後、ふだんは九時ぎりぎり出社のカイナシ、その日はどうしても早朝にやらねばならぬ仕事があって、八時に事務所に入った。何と、既にX課長一人が来ているではないか。デスクを離れて窓辺でブラインドをいじっていた。ご苦労なこっちゃ、と挨拶しようと思ったら課長デスクの電話が鳴った。課長はまだブラインド。エエイッ、こんなに早くいったいどこのどいつだ。やむなくカイナシが受話器を取った。

「X課長か?」

朝の挨拶もなくいきなり呼びかける。

「いえ、違います。どちら様で?」

「Zだ。課長はおらんのか!」

あわてて課長を呼んだ。カイナシ所属の事業部最高責任者、東京本社のZ重役である。時々顔は見かけているが、あまり好きな奴じゃない。何しろハンサムすぎる。聞くところによれば、エレベーターで女子社員と一緒になった時など、「元気かね」とやんわりお尻を撫でるとか。言うまでもなく、セクハラで訴える女子社員なんて一人もいない。むしろ、Z重役と一緒にエレベーターに乗るのを楽しみにしている女子社員が多いとか聞く。

受話器を取ったX課長、電話の前で平身低頭。

「ハッ、お早うございます。ハァ、いえいえ、とんでもございません。かえって失礼になったのでは——。いえいえ、まるでつまらぬ物で。ハッ、それはそれは。家内もお気に召すのじゃないかと申しておりまして——。ハァ、ありがとうございます。お電話まで頂戴しまして。ハァ? ああ、彼は嘉比君でして。いえいえ、いつもは九時ぎりぎりで、今日はどうした訳でしょうか。ハァ? いやいや彼は大丈夫で。ええ、決してそんな——。ハッ、重ねがさねありがたく存じます。今後とも何卒よろしくお願い申し上げます」

　別にカイナシは腹も立たなかったらしい。それよりも、世の中に馬鹿が一人いたことを知ってほくそ笑んだとか。そして三カ月が過ぎ、定例の人事発表があった。X課長は部長昇格。カイナシは山陽のH市へ転勤命令。H支社には既に四十人ほどいたが、カイナシ所属の事業部はまだ一人もいなかった。で、カイナシはたった一人きりの事業部初代H支局長。このいきさつを僕に語った折、「要するに左遷だな」とさも満足そうに呟いたが、左遷って偉い人の被る人事のことじゃなかった？　ヒラにも左遷ってあるのかな。

　X部長昇進祝いとカイナシ送別をかね、ささやかなパーティが催された。終わり近く、マイクを突きつけられて何か歌えと迫られたカイナシ、囁くような小声で中学の頃に覚えた歌を披露した。

　♪何もかも聞いていながら　知らぬ顔して　ラララ　ラララ　ラララ　すましているよ
　　呼んでおくれよ　幸福《しあわせ》を　銀杏《いちょう》は手品師　老いたピエロ

　誰も知らない歌だったので会場は白け気味。ただ一人X課長、いや、部長だけが険しくカイナシを睨んだとか。『公園の手品師』とかいう歌で、今でも時々一人で歌っていることがある。カイナシの音程はかなり狂っているが、それなりにいい曲だ。僕も合わせて　♪ウウウ　ウウウ　ウウウ　なんて唸ってやることもある。

それでも四年間、カイナシはH支局でのんびりやったらしい。抑えつける上司もおらず、どんな仕事も一人で決済処理。「我が生涯最良の年月」と、今でも思い出してニンマリすることがある。が、突如妙なことになってしまったそうだ。ある日、本社の監査役がH支社へ巡回してきた。支社の役職を集めて会議が行われた。カイナシ、当時もまだヒラのままだったが、一応支局長との肩書きを持っている。で、直接関わりはないのだけれど首だけは会議室に並べていた。例によって、会議といえばいつも隅の席で他のことに思いをめぐらすカイナシ、もうそろそろ終わりだなと思った時、突然監査役が声をかけた。

「嘉比さん。あなたの事業部責任者のZ重役、月に一度くらいは来られますか？」

上部の奴から「さん」づけで呼ばれるのは実に嫌なもの。全く弱ったことになった。重役なんて一度も来ていない。そもそもカイナシは偉い奴が大嫌い。ということは、偉い奴の方でもカイナシが大嫌いになるという当然の帰結。大嫌い同士がより合うなんてことはある訳がない。四カ月に一度本社でZ重役を囲んだ事業部会議があり、全国から十人の支局長が集まる。一人きりの支局というのはカイナシだけ。半日の会議が終わって部屋を出ていくZ重役、ノブに手を掛けフト振り向き「オヤ、嘉比君、君も来ていたのかね」。半日狭い会議室にいるのに、毎回こうなのだ。そんなのを呼ぶ訳ないし、来る訳もない。が、来ていないと返事すれば重役を傷付けてしまう。好きじゃないから傷付けてやる、なんて下司な心は持っていない。嘘も方便。

半年に一度くらいは、と答えてやろう。監査役にはわからないんだから、と喋り始めようとした折、他事業部の部長が言ってしまった。

「Z重役なんて一度も来られたことはありませんよ。なあ、嘉比君」

翌日、本社で流言されたらしい。ヒラが重役を刺した、と。本社勤めで係長をやっている同僚から電話が入った。

「お前も馬鹿だなあ。月に一度くらい呼べばいいのに」

「別に呼ばにゃならん必要ないよ」

「だから馬鹿と言うんだよ。仕事の必要性なんか関係ないぜ。保身昇進の必要性だよ。他の支局長みんなそうやってるんだぜ。月一回ずつ呼んでさ、最高の郷土料理と高級地酒、そして最後は美人をあてがってハイ、オヤスミナサイ。重役、いつでも出張帰りはホクホク顔だよ。こんなことも出来んで、よく平気でサラリーマンやってるな」

その翌日、カイナシ、本社へ出向いた。電話の同僚が、深く陳謝しなければこの先どうなるか知れないぞ、と脅したからである。Z重役室で深々と頭を下げて陳謝した。が、Z重役、チラッともこちらを見ない。何もせず、煙草をくわえて窓から空を見上げている。カイナシ、やむなく再度陳謝。窓のみ。十五分経った。事業部の本部長が入ってきて何やら会合の打ち合わせ。Z重役、ニコニコ対応。本部長退室してまた十五分、今度は電話が入った。やはりニコニコ応答。電話が終わってカイナシ、三度目の陳謝を試みた。窓、窓、窓。四十五分が過ぎた。

Z重役、おもむろに時計を見つめ、いきなり叫んだ。

「誰だ、お前は！　そこで何しとる！　出ていけ！　早く出ろ！」

「申し訳ありません。私は——」

「お前など知らん。早く出ないと守衛を呼ぶぞ！」

Z重役は受話器を取った。カイナシ、部屋の白壁の方へゆっくりと歩みながら、鞄に手を突っ込んで何やら探している。取り出したのは赤マジック。重役を振り向いてニヤリと笑い、壁に大きな文字を書きだした。

どうなりと好きなようにしろ結局は別嬪のみにええ顔するや——

一時間ほど立っている間に考えたのだそうだ。壁はあまり上手くない大きな文字で真っ赤になった。カイナシ、受話器を手にしたまま口あんぐりの重役に「折句ですよ」と囁いて部屋を出ていった。歩調に合わせて「ど・す・け・べ・え」と呟きながら。次の日から出社を止めたのだそうだ。カイナシは知らないのかな、引かれ者の小唄って言葉。

こうして四年間空けていた古家に戻った。親が残してくれたわびしげな平屋だが、収入のない身にはありがたい。まして独身。食うくらいなら何とでもなる。それ以後二度といわゆるサラリーマンにはなろうとしなかった。なったとしても絶対にうまく行くはずがないことを十分承知していたからだろう。道路工事の交通整備員とかマンション管理員とかで露命をつないでいたが、そのうちいい仕事にありついた。デザイン専門学校非常勤講師。元の会社でお得意先の広告デザイン管理を仕事としていた。まさにドンピシャリの仕事が見つかった訳だが、問題は収入。週三日の時間給。春、夏、冬の休みは無給。もちろんボーナスはゼロ。「まあ、何とかなるさ」と、食わず貧楽高枕ってところらしい。

「『偉い』と『悪い』は同義語。悪くないのに偉い奴なんてこの世にはいない」

国会議員とか高級官吏とか社長とかが、毎日のように逮捕されるニュースを見ながらそう呟くので、僕はワープロに向かった。

「漱石先生は手紙に書いているよ。『大気狂ヲ称シテ英雄トカ豪傑トカ天才トカスベツタトカ転ンダトカ云フ迄ダラウ』」

ある土曜日の夕方、カイナシは僕を連れて散歩に出た。鎖につながれて歩くのはあまりいい格好じゃない。だからカイナシとの散歩など全くもって好きではない。が、そうも言えずしかたなくヨタヨタついて行った。もうめったに見かけなくなった煙草屋でカイナシはパイプ煙草を買い、駅前近くの本屋へ寄った。僕もそのまま入る。何やら所在なさげに雑誌を覗いていたカイナシ、ぶらりと文庫本の棚へ進む。突然立ち止まってある文庫を見つめた。漱石先生の作品が並んだその横。先生のよりも分厚い。背には「泉」なんとかとある。カイナシ、しばらく考えていたが、突如その一冊をつかんでレジへ向かった。その進み方があまりにも急なので、鎖で首がちぎれそう。たかが文庫一冊でいやな男だ。カイナシ、千円札を一枚そえて文庫本をレジ係に渡した。レジ係、その一枚のお札を握ったままジッと待つ。カイナシもジッと待つ。しばらくして、レジ係、おずおずと口をきった。

「あのう、これ千四百円なんですが」

「エッ、文庫なのに？」

あわてたカイナシ、改めて定価を見てしぶしぶもう一枚千円札を出した。レジ係、早速勘定しようとしたが、「ちょっと待って」とカイナシ、二枚のお札と文庫を見つめだし、そのうちニヤリと笑ってから改めてレジを頼んだ。

一冊の文庫本をかかえて矢のように家へ戻る。僕は引きずられながら、重い頭が地面をこすりそうになって何度よろめいたことか。実にいやな土曜日だった。

部屋へ入るとカイナシ、改めて文庫本のそばに二枚の千円札を置き、ニヤニヤ眺めている。僕はよじれた首を伸ばしたり縮めたりの屈伸運動に一心だった。

「おい、ロボ太。一冊の鏡花が二枚の漱石だよ。見てみろ」

やむなく机の上を覗いてみた。なるほど、『泉鏡花集成・第一巻』とある。そばの千円札、すなわち漱石先生、心なしかかなり侘びしげにその文庫を見つめている。そのように見えるのだ。

何だか泉とかいう奴が憎くなってきた。どこかで見たような名前だが。

「漱石先生の文庫買うのに、泉って奴のお札を使えばいいじゃないか！」

ワープロ画面を見てカイナシは言った。

「ロボ太はお札を使ったことがないからな。お札の文学者は漱石だけなのさ。もっとも、近いうちに漱石札はやめちまうそうだがね。何でも女流文学者が登場するらしいよ。」

ワープロ会話が続く。

「やっぱり二十一世紀は女の時代なんだね。でも——なぜ今は漱石先生だけがお札なんです？」

「なぜって、そりゃ、いろいろあるのさ」

「いろいろって？」

「うるさいな」

「知らないんですね？　そのいろいろを」

「今は忙しいんだ。明日調べてやるよ」

フン、忙しいなんてことある訳ないや。その忙しぶりを是非拝見したいものだと、カイナシのそばに突っ立って見つめ続けると、何のことはない、泉って奴の文庫を読むことじゃないか。馬鹿らしい。やむなくその場に寝転んで考えた。日本に一人の文学者のお札があるのなら、アメリカにも一人あるのだろうか？　二十一世紀というのに僕はまだ海外へ出たことがないからまるで知らない。エドガー・アラン・ポーだろうか？　フランスにはスタンダールの、ロシアにはドストエフスキーのお札があるのかな？

翌日、学校は午後かららしくカイナシ、珍しく昼まで熱心に漱石全集を片手にワープロに向かっていた。どうやら僕が出した宿題をやっているらしい。果報は寝て待て。僕はのんびり縁側で寝転んだ。昼、カイナシは大きな背伸びをして出かけていった。黙ったまま目でワープロを指しながら。やっと出来たらしい。どれどれ。

何だい、これは！　僕はワープロ画面を見て驚いてしまった。実を言うと、今までに二度漱石先生を読んでいる。一度目は言語習熟のため。二度目は先生特有の情緒を楽しむため。だけど、こんな記述は知らなかった。忘れたというのではなく、全く気付かなかった。ショボクレのノッペリ面だけれど、その割にはカイナシも少しはマシな男なのかも知れないな。そのワープロ文をここに並べておこう。◎印はカイナシが添えた独断的解説文。

『僕は軍人がえらいと思ふ。西洋の利器を西洋から貰つて来て、目的は露国と喧嘩でもしようといふのだ。日本の特色を拡張するため、日本の特色を発揮するために、この利器を買つたのだ』一九〇五年「批評家の立場」

◎［漱石札発行時点ではまだ湾岸戦争、ニューヨーク・テロはなかったが、発行当時から戦争放棄憲法を忌み嫌っていた政府要人、かくほどに傑出した言葉はまたとあるまいと深く感涙したり、と聞く。］

えらいことになってしまった。これじゃ漱石先生、軍国主義の塊じゃないか。

『今回の戦争が始つて以来非常な成功で、対手は名におふ欧州第一流の頑固で強いといふ露西亜である。それを敵にして連戦連捷といふ有様――この連戦連捷といふ意味は船を沈め敵を鏖すといふ物質の事であるが、然しこの反響は精神界へも非常な元気を与へる（略）つまり今日まで苦しまぎれに言つた大和魂は、真実に自信自覚して出た大なる叫びと変化して来た』一九〇五年「戦後文界の趨勢」

◎［モトオリノリナガ氏曰く「敷島の大和心をひと問はゞ朝日に匂ふ山桜花」。大和心即ち大和魂とは、何たることよ、アサヒなりとは！］

大和魂なら「かくすればかくなるものと知りながらやむにやまれぬ大和魂」ときて欲しいね、と言いたいが、それにしても敵の軍艦沈没させて大和魂万歳とはすごいな。

『日本は動もすれば恐露病に罹つたり、支那のやうな国まで恐れて居るけれども、私は軽蔑して居る。そんな恐しいものではないと思つて居る』一九一三年「模倣と独立」

◎［戦前の尻取り歌＝日本の・乃木さんが・凱旋す・スズメ・メジロ・ロシヤ・野蛮国・ク

ロパトキン・金の玉・負けて逃げるがチャンチャン坊・棒で殺すは犬殺し・死んでも命のあるように・日本の――。」

何のつもりだ！　棒で殺すなんて、人様は残虐な殺人者、いや、殺犬者なのか！

『見よ兵等、われの心は、猛き心ぞ、蹄を薙ぎて。聞けや殿原、これの命は、棄てぬ命ぞ、弾丸を潜りて。天上天下、敵あらばあれ、敵ある方に、向ふ武士。』一九〇四年「従軍行」

◎［♪進め一億火の玉だ　♪勝って来るぞと勇ましく　嗚呼、兵《つわもの》どもが夢の跡。」

漱石先生が玉砕軍歌の先陣？　先生のお札を握り、軍艦行進曲に合わせて玉を弾くパチンコ族もまさか知るまいな。

『此度旅行して感心したのは日本人は進取の気象に富んでゐて貧乏世帯ながら分相応に何処迄も発展して行くと云ふ事実と之に伴ふ経営者の気概であります。満韓を遊歴して見ると成程日本人は頼母しい国民だと云ふ気が起こる』一九〇九年　鳥居素川宛手紙

◎［世界統一「八紘一宇」の元祖。現政府も密かに新世紀型八紘一宇を計画中なり。」

ワープロ文の最後はカイナシの言葉で締めている。

◎［漱石、明治改元と同時に出生。従い、明治天皇をいたく崇拝す。天皇崩御の際『過去四十五年間に発展せる最も光輝ある我が帝国の歴史と終始して忘るべからざる大行天皇』との哀悼の辞を表す。かかる天皇崇拝心、いたく我が政府要人を感銘せしむ。上記種々の感

概摘出文と相合わせ、紙幣捏造、もとい、紙幣製造の根拠とす。以上」

わざと間違えて他愛もない。がしかしだ、軍国主義、帝国思想、八紘一宇、そして天皇崇拜。これがお札になった理由？　本当かな？　泉某や他の作家先生方、こういう考えを持っていなかったからお札になれなかった？　カイナシの推察、例の独断的偏見なのじゃないのかな。とにかく、独断と偏見以外に何の思索手法もない奴なんだから。

夕方、どこかで食事をすませたカイナシ、僕にお決まりのドッグ・フードを出してパイプをプカリ。僕は一口食べただけで、あの懐かしのゴミ捨て場のメシを思い出していた。

「何だ、ロボ太。元気ないな。ワープロ読んだからだな。憧れの大先生、かなりとんでもない人物みたいだからな」

僕は首を振ってドッグ・フードを鼻で突き返してやった。

「おやおや、メシが嫌なのか？　まあ我慢してくれよ。明日はスキ焼き作ってやるからさ」

スキ焼き？　あれならいい。たらふく食ってやる。

「だがなあ、大先生の件、時間がなかったから飛ばしたんだが、もう一つあるんだよ。全集の横に『漱石の思ひ出』というのがあるから、持ってきてくれないか」

あるのは知っていたが、あまりにも古臭いので読む気にならなかった。が、それが重要な資料なの？　急いでくわえてきた。

「これはわずか一冊だけ残っている俺のオヤジの本だよ。先生の奥さんの談話を筆記したものだが、漱石の熊本時代に葬式で帰京した際の出来事でこんなことが記されている」

と、ページをひもといて読み上げた。

『陛下がお通りになるといふので、家中のものが二階あたりの戸を閉めて（それがあの辺の官舎の規則だつたのです）みんな門のところにならんで、御送迎申し上げました。夏目も一緒にならんで居りましたが、其うちいつの間にやら姿が見えなくなりました。一番上の妹が気付いて、「おや、夏目のお兄さんは。」と尋ねると、母が「儀式張つたことが五月蝿いので隠れたのかも知れないよ。」と申して居りますうちに、白茶けた仙台平の袴を浴衣の上につけて、大層改まつて出て参りました。「あら、お兄さん、どうなすつたの、袴なんかつけて。」妹が目を丸くして尋ねますと、夏目はすましたもので、「熊本のやうな片田舎に居ると、陛下の行幸を拝するといふやうな機会がありませんからね。」と申しまして、大層几帳面に御送迎申し上げたさうです』

「どうだい。決定的崇拝じゃないか。大先生はね、天皇崩御にはかなり感傷的になっていたようだな。『こころ』なんかでは、乃木大将殉死を知って自殺してしまう人を主人公にしているくらいだ。もっとも、大先生自身は一向に殉死なんて考えなかったようだがね。『世ノ中ハ自殺ヲシテ御免蒙ル程ノ価値ノアルモノニアラズ』と言っているからな。二、三年前に漱石研究者で自殺した文筆家がいただろう。彼氏、あまり漱石全集を読んでいなかったんだな。読んでいたら自殺なんかするはずないもの」

読んだからといって、必ずしも読んだ通りに生きるものでもあるまい。僕に言わせれば、自殺なんてものは面倒臭がり屋の文学者だけがやる人騒がせに過ぎない。そもそも文学者以外の何とか学者で自殺なんかした先生がいたのかな？　一瞬に何十万もの人を殺す爆弾を開発した物理学者、副作用でたくさんの悲惨な患者を出す薬を発明した医学者。彼らは自殺したんだろうか？　天文学者、海洋学者、経済学者、歴史学者、その他諸々学者、一人でも自殺した人あるのかな？　そこへ行くと文学者はこぞって自殺愛好者だ。芥川賞が貰えなくて女と一緒に川へ飛び込んだ文学者、念願のノーベル賞を貰った後は何もする気がしなくなってガスを吸ってしまった文学者、そのノーベル賞をいつまで待ってもくれないので大騒ぎのすえ腹を切ってしまった文学者。いずれも生きるのが面倒臭くなっただけの話。

「おい、ロボ太。お前、漱石先生はどこの人か知ってるかい？」

何も今さら、そんなつまらんことを聞くものじゃあるまい。

「東京と思ってるだろう。ところがだ、違うんだな。ここだけの話だがね、実は北海道なんだよ。二十五歳のときに本籍を北海道へ移し、東京へ戻ったのは死ぬ三年前。大活躍していた頃はずっと北海道民って訳だ。何故だね？　実はね、当時は北海道民だけは兵役を免除されていたからなのさ。あの先生、いくら軍国万歳でも兵隊になるのは嫌だったんだな。だから『猫』で自分のことを『送籍』と呼んでいるのは、戸籍を送ったことをひがんで付けたものなんだよ」

僕は急いでワープロを叩いた。

「でも『坊つちやん』では、東京人でなくっちゃ人間じゃない、みたいに書いているよ」

「そうさ。漱石は東京絶対主義さ。だから松山の人がなぜ漱石を讃えるのかサッパリわからん。松山の人、一度も『坊つちやん』を読んだことがないのだろう。もし読んでたら、松山を糞味噌にやっつけている作者を誉める訳ないものな」

まあ、いずれにせよだ、漱石先生がお札になれた理由、半信半疑ながら少しばかりは理解出来たような——いや違う。半分も信じられない。二信八疑だ。が、それとは別にどうしても気掛かりなことがある。再度ワープロ。

「果たして漱石先生、お墓の下で自分のお札を眺めて喜んでるのかな？」

「お墓のこと『泉下』って言うのを知ってるかい？　鏡花の下だなんて漱石先生、泉下で顔をしかめているよ」

「いくら何でも泉の下のお札じゃ可哀想だね」

「もっとも、本名自体がお札だからな。夏目金之助。[e]大泥棒になる日に生まれたとかで、金の字の名前にすればそれを免れるということらしい。漱石は正岡子規の教えを受けてたくさん俳句を作っているが、一つだけ傑作がある。もっとも、俺は俳句なんて嫌味なもの好かんがね。これだよ」

『初夢や金も拾はず死にもせず』

「いい句だな。大先生、お金にはかなりの関心があったらしいね。[f]『学問ハ金ニ遠ザカル器械デアル』なんて、お金にまつわるメモが実にたくさんあるんだから。それほど関心あったんだから、一番安い千円札じゃ満足しないだろうね。十万円札、いや、今の時代だ、百万円札だったら泉下でも喜んだろうよ。西暦二〇〇〇年とかで漱石札の倍の二千円札まで出たんだ。いつも政府は昭和とか平成とか言っておきながら、なぜいきなり西暦なんだね。新札を作りたいのなら、あれは平成十二年だったから十二円札にすべきじゃないか」

いくら何でも十二円札は使いにくいだろうが、そう言えば、確かお金の話は『猫』にもあったはずだと、調べ出してパイプをプカプカやっているカイナシに見せた。

『金を作るにも三角術を使はなくちゃいけないと云ふのさ――義理をかく、人情をかく、恥をかく是で三角になるさうだ』

『金田某は何だい紙幣に眼鼻をつけた丈の人間じゃないか、奇警なる語を以て形容するならば彼は一個の活動紙幣に過ぎんのである』

それを見たカイナシ、フンと笑って、

「悲しきや眼鼻の外にヒゲも付け一枚にては鏡花も買えずや——」

と、都々逸みたいに唸った。全く嫌な奴だ。

しかしだ、いま思い出した。確か先生の日記に鏡花という文字を見たはずだ。読んだ時は何のことやらわからなかったが、この泉って奴のことだったのだ。偉そうにパイプをくゆらせているカイナシをよそに僕は全集を繰った。やっと何冊目かに見つけ、急いでカイナシに見せた。一九〇九年の『日記』である。

『朝泉鏡花来。月末で脱稿せる六十回ものを朝日へ周旋してくれといふ』

「鏡花はあまりにも面白すぎて、あの新聞向きじゃないね。あの新聞、どういう訳かヒチムツカシイのだけが一番だと思っているからね。知ってるかい？　こんな唄。

あれこれとさも偉ぶるや昼行灯信じる者こそ文化気取りや——」

そんな唄、知るもんか。辞職の際の引かれ者の折句じゃあるまいし、頭の字だけを並べるなんて面倒なこと誰もやらんよ。世話のない男だな、全く。まあしかしだ、折句は別にして、僕も歌作りを真似させて貰うとするか。

朝日映え夏の泉に目を漱ぎ石の鏡に揺らぐ花影——。

a『川が生意気だつて橋をかける、山が気に食わんと云つて隧道《トンネル》を掘る。交通が面倒だと云つて鉄道を布く。夫で永久満足が出来るものぢやない。（略）西洋の文明は積極的、進取的かも知れないが、つまり不満足で一生をくらす人の作つた文明さ』一九〇五年「吾輩は猫である」

『徒歩から俥、俥から馬車、馬車から汽車、汽車から自動車、それから航空船、それから飛行機と、何処迄行つても休ませて呉れない。何処迄伴れて行かれるか分らない。実に恐ろしい』一九一三年「行人」

b『小児出産後命名の件承知致候（略）名前も考へると無づかしきものに候へどもどうせいゝ加減の記号故簡略にて分りやすく間違のなき様な名をつければよろしく候今度の小児男児なれば（略）親が留守だから家の留守居をする即ち門を衛ると云ふので衛門抔は少々洒落て居るがどうだね門を衛るでは犬の様で厭なら御止し己と御前の中に出来た子だからどうせ無口な奴に違ひないから夏目黙《モク》抔は乙だらう夫とも子供の名前丈でも金持然としたければ夏目富《トム》がよからう但し親が金之助でも此通り貧乏だからあたらない事は受合だ』一九〇一年　ロンドンより鏡子夫人宛手紙

『子供の名を伸六とつけました。申の年に人間が生れたから伸で六番目だから六に候』

一九〇八年　高浜虚子宛手紙

『あかん坊が生れたさうで御目出たう御座いますしかも男の子ださうで猶更結構です。名前はまだつかないですか　八月の三日に生れたから八三《ざう》は如何です、安々と生れたから安丸（ヤスクウマレル）では不可ませんか、双児だと思つたら一人だから一人《カツト》又はイチニンはどうです。大分長く待つたから長松は変ですか』一九一三年　津田青楓宛手紙

c『世ノ中ト云フ者ハ気狂ノ共進会ト云フ様ナ物サ其中ノ大気狂ヲ称シテ英雄トカ豪傑トカ天才トカスベツタトカ転ンダトカ云フ迄ダラウ御前サンダノ吾輩ノ如キハ小気狂ダカラ駄目サ』一九〇三年 菅虎雄宛手紙

d『面白イ世ノ中ダト云フ者ハ小供カ馬鹿デアル。苦シイ世ノ中ダト云フノハ世ノ中ヲ買ヒ被ツタ者ノ云フコトデアル。世ノ中ハ自殺ヲシテ御免蒙ル程ノ価値ノアルモノニアラズ』一九〇六年「断片」

e『夏目は慶応三年正月五日に生まれたのですが、それが申の日の申の時に当つてゐました。その申の日の申の刻に生まれたものは、昔から大泥棒になるものだが、それを防ぐには金偏のついた字を名につければよいといふ言ひ伝へがあつて、其れで金之助といふ名をつけたといふことです。其代りえらくなれば大層出世するものだとかいふのです』夏目鏡子「漱石の思ひ出」

f『学者ガ金ヲ予期シテ学問ヲスルノハ町人ガ学問ヲ目的ニシテ丁稚ニ住ミ込ム様ナ者デアル』

『自然ハ公平ナ者デ一人ノ男ニ金モ与ヘカルチユアーモ与ヘル程贔屓ニハセンノデアル』一九〇六年「断片」

第二章「夫婦は親しからざるを以て常態とす」

「梨男、たまにはお掃除しなきゃ駄目じゃないの！」
「掃除ってあまり好きじゃないね。マンション管理員、それでクビになったんだから」
「何言ってんの。ほれ、このゴミ見なさい。汚いったらありゃしない！」
この女性、僕はオセワヨと呼んでいるが、カイナシのたった一人のお姉さんで小瀬和代。月に一回以上は必ず来て、洗濯したり掃除したり、さらに旨いご馳走を作ってくれる。ご主人はどこか小さな町の警察署長をやってるとか。

「だいたいロボ太を部屋に上がらせるからいけないのよ」

　おやおや、カイナシの不精の責任がどうして僕にあるんだい。そもそもこのオセワヨは少し世話を焼き過ぎる。もともと、オゼカズヨと言うんだが、なぜ僕がオセワヨと呼ぶかと言えば、外でもない、漱石先生の奥さんの影響なのだ。『漱石の思ひ出』という本はカイナシのオヤジさんのものだと聞いて、ずいぶん汚ないけれど読む気になった。昭和四年発行とあるが、読んでみたら、その何と面白いことか。先生の陰気な作品よりもはるかに面白い。その中に、実にいい話が載っていた。先生が胃潰瘍の保養で修善寺温泉へ出掛けたが、保養どころか危篤状態になってしまったことがある。その折の記述。先生危篤の知らせを受けて一番先に飛んできたのが若き安倍能成。後に学習院院長や文部大臣などになる偉い人だが、アベヨシシゲという。ところが鏡子夫人は違うんだな。『いの一番にかけつけて下すつたのが、安倍能成、つまりアンバイヨクナルだから、この病気はきつとなほると御幣を担いだものです』と言うんだから実に面白い人だ。その面白さにあやかったのである。

「ロボ太には何の罪もないぜ。この間なんかゴミをくわえて屑籠へ放り込んでいたよ」

　あれはテレビでフリスビーなんてのをやってる仲間を見て、僕にも出来るかな、と試してみただけのこと。

「全体、警察てものは余計な罪を人に負わせるんだよ。警官の嫁さんも似てくるんだな。漱石も言ってるぜ。警察は『人のものでも構はずに引つぺがす』ってね。昔から言われているよ。ヤクザになれなかった奴が警官になるんだって」

「何言ってんの。ヤクザを取り締まるのが警官よ」

「警視庁が出来たのが明治七年、巡査が募集されたのはその三年後。百二十年も前のことだよ。百二十年かかってもまだヤクザは一向に取り締まられてはいないじゃないか。なぜだい？　ヤクザの組織の方が警察組織よりも上だからだよ。百年前、既に漱石は『草枕』で言ってる。『一体警察の、巡査のて、何の役に立つかの。なけりゃならんかいの』ってね。やっと今になって警察への不信感増長になってきた。小瀬義兄さんも、いいかげん他の仕事に変わった方がいいんじゃない?」

　カイナシ、パイプをくゆらせながら、夕食準備のオセワヨに言う。

「ひどいこと言うのね。あんたみたいにあれこれ仕事ばかり変えて、碌でもない」

「警察の碌でもない点はだね、殺人犯を逮捕することだよ。殺人犯は正義の味方なんだから。だってそうだろう。殺す以外にどうしようもない悪人を殺しただけなんだから」

「あんた、テレビの見すぎだわ。サスペンス・ドラマで殺される人はみんな悪い人だけど、現実は違うわよ」

「サスペンスね。なるほど、そう言やそうかも知れないな。いや、実を言えば純正無実なこの俺も殺されそうになったからな」

「エッ、あんたが?」

「学校の生徒に生意気な奴がいてね、絶対に俺の講義を聞かないんだ。いつも漫画の落書きばかりしていやがる。あまりに腹が立ったから怒鳴りつけてやった。聞きたくないのならトットと出て行け、てね。それでも黙って漫画描いているから襟首つかんで引っ張り出そうとしたら、そいつ、ボカンと俺の顔を殴って出て行ったんだ」

そう言えば一年ほど前、左目の横を真っ赤にして戻ってきたことがあった。

「その次からはそいつを教室へ入れなくした。怖かったけれど俺も男だ。入ろうとするそいつをドアの前で睨み付けて追い返したんだ。そしたら、その日からストーカーが始まった。学校への行き帰り、いつもそいつがつけてくる。そのうち、夜この部屋にいてフト窓から外を見たら、何とそいつが家の前にたたずんでいるじゃないか。ジーッと窓を見て」

「そんな時こそ警察が必要なのよ」

「馬鹿言え。仮に警察へ電話したとしようか。助けてください。いま殺されそうですって。警察は答えるよ。『ハイハイ、了解了解。当方、貴殿が殺された場合にはただちに出動いたします。それまでの間、しばらくお待ちください』ってね。警察とか法律なんてのはそんなものだよ」

「何を言うの。警察とか法律は正しい人のためにあるものよ」

「違うよ。法律は正しい者のために作られたんじゃない。強い奴が、つまりは悪い奴が自分たちの安全を計るために作ったものだよ。弱い者からの攻撃を防ぐためにね。例えば弁護士を見ればわかる。彼らは何のために弁護士になるんだ？　金を稼ぐためだろう。弱い者の弁護をして金が稼げるかい？　時には弱い弁護士が弱い者の弁護をすることもあるだろう。しかしだ、相手の強い奴には強い弁護士がついているんだ。勝てる訳ないや。この現実がハッキリ示している。法律は強い者のためにあるものだ、とね」

「そんなことはよくわからないけど、その生徒、どうしたの？」

「うん。やむなくその翌日、出来るだけ人出の多い通りを選んでそいつを待つことにした。そしたらやっぱり来やがった。が、待っている俺を見つけるとどういう訳か俺には近寄ってこない。ジッと立ち止まって俺を見てるだけ。頭に来たから小走りでそいつの方へ駆け寄ろうとした。とたんに向こうから来る人にぶつかってしまったんだ。その相手は『何するんだ。この野郎！』と怒鳴る。高校生二人だった。謝ったが聞こうとしない。『ちょっと面貸せ』と袖を引っ張る。ストーカー生徒よりこちらの方が恐ろしい。すまん、すまんとオロオロしていたら、突然『お前ら、先生に何するんだ！』とデカイ声。高校生をボンと突き飛ばして俺をかかえるではないか。見るとストーカー生徒。『大丈夫ですか？』と心配顔。おかげで助かったよ、と喫茶店でコーヒーをおごってやった」

「いい生徒さんね。でも、どうしてストーカーを？」

「コーヒーすすりながら聞いたら、何のことはない。俺に謝りたかったんだと。謝りたいのだがどうも格好が悪い。何かいい機会はないものか、と後をつけていたんだそうな」

「だらしないのね、今の若い子」

誉めたと思えば、すぐけなす。どっちがだらしないのかわからんよ。

「聞いてみると、俺の講義を聞いてたらデザイン界へ進む気がしなくなってしまった。で、学校やめてどこか漫画家の先生の所で働きたいと言う。だから前の会社時代にお世話になった漫画家を紹介してやった。今じゃ、そこでバリバリ、アシスタントをやっているよ」

「いいことしたじゃない。それも警察のおかげよ。もっとも、警察のお世話にならなかったというおかげだけど」

「一度だけ警察のお世話になったことがあるよ。義兄さんに悪いから今まで言わなかったんだが、まだサラリーマンの頃、追突事故に巻き込まれたんだ。タクシーで得意先へ行く時だった。交差点赤信号でタクシーは止まった。と、いきなり後ろからドカン。一瞬目がくらんだ。何があったのか、座席でボヤーとうつむいていたら窓から警官が覗くじゃないか。後ろを見ると既にパトカーがいる。どうやら俺はしばらく気絶していたんだな。パトカーが来て追突車を処分するのは気付かなかったんだから。そう思っていたら、警官が『大丈夫ですか？』と聞く。『ええ、まあ何とか、頭がフラーと』と答えたら、警官、やおら名刺を差し出した。『〇〇〇警察本部交通部交通指導係』とある」

「よかったじゃない。そんな時こそ警察のお世話がいるのよ」

「よくはないよ。名刺を出した警官平謝り。よく聞いてみると、何と追突したのはそのパトカーだったんだ。交通指導係のね」

「まさか、あんた」

「タクシー運転手は知らん顔。そりゃそうさ。これで警察に貸しが出来た訳だからな。だけど、警官、頭がフラーとしていると言った俺を真っ先に連れて行ったのは病院じゃないんだぜ。近くの交番だ。そこで事情聴取。俺は聴取の警官に怒鳴ってやった。こっちは怪我人だ。怪我人つかまえて事情聴取とは何事だ。あんたの同僚、あいつが犯人だ。タクシーは追突で三メートル前へ押し出され、横断歩道を突き抜けたんだ。たまたま誰も歩いていなかったから大きな事故にはならなかったが、もしあの時——。そこまで叫んだ時、聴取の警官、スックと立ち上がるや、『馬鹿者！　ありもしなかった事など聞いちゃおらん。あったことだけ喋りゃいいんだ。余計なことぬかすな！』と一喝。これが警察なんだよ。あったことだけが問題。ありそうな危険はいっさい問題にはしないのさ。警察だけじゃない。検察庁も同じだ。事故から一週間後、いきなり検察庁から出頭命令が来た。『〇月〇日〇時、下記検察庁迄出頭せよ』とね。まるで犯人扱いじゃないか。こっちは被害者だ。出頭なんてするものかと放っていたら、その日の夕方電話が入った。どうして出頭しない、とね。検事に怒鳴ってやったよ。犯人ならば出頭もよかろう。こっちは被害者だ。犯人はおたくの同僚、警察官だ、とね。そしたらその検事、『警察官は我々の同僚ではありません。全く別の組織で』と言やがる」

「で、あんた、出頭しなかったの?」

「行ったよ。電話でその検事、『所定の文書を使いまして、申し訳ございません。明日にでも、いや、これまた失礼しました。近日中ご都合のいい折りに是非おいで願えないものでしょうか』なんて言うものだから。行ってはみたが、やはり行くべきじゃなかったな。交番での事情聴取の際、俺は『厳罰に処せ』と言ったらしい。その言葉を撤回してくれ、と言うのさ。撤回なぞ出来ないよ。交通指導係の追突なんだから。『あなたはそうおっしゃいますが、彼は山陰の貧しい村から出て参りまして、やっと交通指導係の要職につくことが出来ましたような次第で、何とかそこを――』。検事の妙な猫撫で声にこっちはイライラ。山陰の貧しい村とこの事件といったい何の関わりがあるんだい。断固厳罰。時間はドンドン過ぎていく。俺はまだ仕事中だ。あまりの長い説得に頭に来てしまって『勝手にしろ!』と挨拶もせず部屋を出た。部屋のデスクでの検事の叫び声が聞こえたよ。『本当ですね。勝手にさせていただいてよろしいんですね』。これが検察庁なんだよ」

「そんなことがあったの。知らなかったわ。で、怪我はどうだったの?」

「たいしたことはなかったよ。事情聴取のあと、パトカーに乗せられて病院へ回され、首にグルグル包帯を巻いて一週間。軽い鞭うち症だったよ」

「そのせいなのね。あんたがこんなになってしまったの」

「こんなにって、何が?」

「何がって、あんた、もっと丈夫だったし、頭ももっと良かったわ。子供のころは毎年級長やってたじゃない」

「人間、誰だって末は博士か大臣か、だよ。十で神童、十五で才子、二十歳《はたち》過ぎればただの人って訳さ」

「鞭うち症だなんて、いいかげんな診断よ。私に知らせてくれていたら、主人に話してもっといい治療をしてやったのに。主人はおかげであちこちの病院と知り合いだから、きっと臓器移植なんかやって完全に治療したはずよ。今からじゃ、もう遅すぎるわ」

「おいおい、姉さん。本気で臓器移植なんて言ってるのかい?」

「そうよ。現代医学の成果よ。素晴らしい大成果なのよ」

「弱ったな。現代医学なんて、すべて悪魔の技なんだぜ。脳死移植なんてその最たるものだ。死にそうな人の臓器を無惨にも切り取り、生かせておきたい人へ移すなんて、仮に本物の悪魔に頼んだって、そんな惨い仕打ちは尻込みするだろうよ。百年も前に、既にイギリスの若い女性が書いてるよ。メアリー・シェリーがね」

「それ誰。医者なの?」

「作家だよ。『フランケンシュタイン』の」

「あの怪物?」

「フランケンシュタインというのは天才科学者。まあ悪魔の医者みたいな奴だよ。姉さんが言っているのは、その悪魔の医者が臓器移植で作った可哀想な人のことだろう」

「可哀想って、あの怪物が?」

「怪物じゃないよ。名もない、心やさしい人なんだ。ただ、臓器移植によって醜い姿にされてしまった気の毒な人だよ。悪魔の科学者フランケンシュタインは自分が作った人間があまりにも醜いので捨ててしまう。捨てられた臓器移植人間はどこへ行っても爪弾きさ。ただ一人のおじいさんだけは親切にもてなしてくれた。盲目の老人なのさ」

「可哀想なのね。その怪物」

「怪物じゃないって。メアリー・シェリーは、非道な科学そのものが悪魔なんだと言いたかったんだよ。漱石も『[b]患者の苦痛を一刻でも延ばす工夫を凝らす』のが医者だと言っているよ」

僕は話が汚らしく思えたので、二人を放って庭へ出た。実はもう一つの理由もあったのだ。

ボルゾイ嬢の散歩時間だったからである。決まってこの時刻、夢見るようなボルゾイ嬢が庭の横を通り過ぎるのだ。彼女を連れた夫人は、ツンととがった高い鼻に金縁眼鏡をかけた実に嫌味な女なのだが、ボルゾイ嬢を一目見るだけで一日の疲れも吹っ飛んでしまう。僕は元来、純血種は好きではない。めったにやらないカイナシとの散歩の折など純血サマにお会いすると、チラッと僕を一瞥しておきながらわざとアゴを必要以上に引き上げて無視して行ってしまう。ところが、ボルゾイ嬢は違う。毎日の彼女の散歩時も、わざわざこの庭先に立ち止まってニッコリしてくれるのだ。鼻ツン夫人が三度鎖を引っ張るまで微笑み続けてくれる。その目の素晴らしさ。目は口ほどに、とか。ああ、ボルゾイ姫よ！

ところがだ、どうしたんだろう。今日はいくら待っても来ないじゃないか。重い頭を必死に上げて通りを見続けるのだが現れない。一時間以上待っただろう。さすがの僕も首が痛くなって辛抱出来ず、やむなく部屋へ引き返した。

「ロボ太、どうした。妙にションボリして。さあ、今日は姉さんのご馳走だぞ」

見ると、大きなお碗に好物の肉ジャガ。それにたっぷりのミルクが添えてある。これだよ、これ！　花より団子なんて、昔の人は上手いこと言うね。

「あたしゃ嫌になっちまう。せっかく作っても喜んでくれるのはロボ太だけなんだから」

「いやいや、俺も喜んでるぜ。月一遍、嫁さん貰った気分になるよ。いちいちうるさいところまで、ね」

オセワヨ、カイナシの碗に盛りつけながら、

「それよ。その話よ。いえね、いい話があるのよ」

何でも、知り合いの女性が三年前に交通事故で主人を亡くした。いま三十九。どうしても四十までには再婚したいとか。

「子供はいないし、そりゃもう、そらそら、あの、あの、えーと、名前が出てこないけどあのテレビ・タレントみたいな大美人よ」

カイナシ、肉ジャガを頬張りながらビールをグイッ。

「『妻といふものこそ男の持つまじきものなれ』」

「何を言うのよ。ものすごい美人なのに」

「俺が言うんじゃないよ。吉田兼好がそう言ったんだ。『いかなる女なりとも明暮添ひ見んにはいと心づきなく憎かりなん』とね。美人であろうがなかろうが、女は嫌だね」

吉田っていう男、どんな奴か知らんが、やはりノッペリ面かな。

「女は嫌って、あたしも女よ。あたしも嫌いなの？」

「嫌って字、女を兼ねると書くからな。だけど、女嫌いの漱石も姉さんだけは好きだったそうだよ。赤ちゃんの頃、里子に出されて籠に入れられて夜店のそばに並べられていた。里親が夜

店やってたからね。たまたまそれを見た漱石の姉さん、漱石をひったくって実の家へ連れて帰ったそうだ。だからさ、俺も姉さんは好きだね。だってこんなご馳走作ってくれる女なんて外にいないものな。まさに市の女だよ」

「市の女？　ああ、姉ね。くだらない。でも、さっきから漱石、漱石っていったい何よ」

「うん。漱石はね、根っからの女嫌いだったんだよ。ロボ太、女嫌いの一説、覚えているかい？」

いくら何でも覚えちゃいないが、どこに書いてるかはよく知っている。『吾輩は猫である』を引き出してページを繰ってワープロを打った。

『アリストートル曰く女はどうせ碌でなしなれば、嫁をとるなら、大きな嫁より小さな嫁をとるべし。大きな碌でなしより、小さな碌でなしの方が災少なし』

『或人問ふ、如何なるか是最大奇跡。賢者答へて曰く、貞婦』

『マーカス、オーレリアスは女子は制御し難き点に於て船舶に似たりと云ひ』

『もし女子を棄つるが不徳ならば、彼等を棄てざるは一層の呵責と云はざる可からず』

オセワヨ、我がワープロ能力、一向に感服もせずに画面をチラッと見て、

「だからあたし漱石なんて嫌いなのよ。福沢諭吉の方がずっといいわ」

「ヘエー、『学問のすゝめ』でも読んでるの？　『福翁自伝』かな？」

「そんな難しいの読む訳ないじゃない。お札のことよ」

女って、いくら旨いご馳走作ってくれても全くイヤになっちまうね。女性でましなのは我がボルゾイ姫だけ。それにしても、どうしたのかな。病気かな？

「なるほど。もうすぐなくなる漱石はイヤで、まだまだ続く諭吉さんがイイって訳かね。もともと漱石は友人への手紙で『実を云ふと創作をやる時にかつて女の読者を眼中に置いた事がない』と言ってるからな」

「でもあんた、漱石は女嫌いなんて言ったって奥さんいたんじゃないの？」

「そりゃいたさ。いたからこそ女嫌いになったのかも知れんな。要するに普通の夫婦だったんだよ」

「普通？」

「そう。ただ便宜上一緒に暮らす普通の夫婦」

「便宜上？」

「そうさ。例えばだね。姉さん、小瀬の義兄さんを愛しているかい？」

「いやだわ、愛だなんて。アメリカ映画じゃあるまいし」

「それだよ。日本の夫婦に愛なんて妙なものはいらないんだよ。漱石は言ってるよ。『夫婦は親しからざるを以て常態とす』とね。それに世界には三大悪妻家がいてね、ソクラテス、トルストイ、そして漱石さ。亭主を出世させるには悪妻に限るらしいね。悪妻は百年の不作なんて言うが、俺に言わせれば百年の傑作だよ」

「悪妻たって、あんた、漱石にはたくさん子供がいるでしょう？　愛していたから子供が出来るんじゃない」

　オセワヨは三人の子持ちである。さきほどはアメリカ映画なんて言ってたが、やはりオセワヨ夫婦は愛し合ってるんだな。

「そこだよ。女房は天下の悪妻。されど情欲には勝てず、なのさ。漱石自身告白してる。喧嘩の後で奥さんを抱いてしまい、残念[d]『又して遣られた』と。その結果の子沢山。『一人が十分づゝ泣いても丁度一時間かかる』と嘆いているよ。まさに子宝スネ細る、だ。そのうちに『陰茎内膜炎にでもなりさうな気が致したり』なんて書いてるぜ」

　さすがのオセワヨも厭そうに顔をゆがめる。陰茎内膜炎はよほど厭な病気なんだろう。『家庭の医学』みたいな本が棚にあった。後で調べてみよう。どんな患いなのか。

「[e]いいかげんに死んでくれ、と奥さんに頼んだり、正宗の名刀でスパリと切ってしまいたい、なんて書いてあるんだから、本当に奥さん嫌いだったんだと思うね」

「奥さんて、あまりきれいじゃなかったのかしら」

「ウーム、どうかな。普通じゃないの、姉さんくらいの。ロボ太、すまんが『漱石の思ひ出』

持ってきてくれないか」

　いろいろ、人使い、いや犬使いの荒い奴だな。せっかくミルク飲んでるのに。わざとゆっくりくわえてきた本をひもといて、

「これだ。『歯並が悪くてさうしてきたないのに、それを強ひて隠さうともせず平気で居るところが大変気に入つたと申しましたので、みんなで妙なところが気に入る人だ、だから金ちゃんは変人だよと笑はれたさうです』。これは奥さんが自分で喋って出来た本だよ。自分で汚いなんて言ってるんだから」

「あんたの言い方じゃ、どうやら、あたしも汚いってことになるわよね」

「少なくとも歯並びはよくないな。ロンドン留学の時、池田菊苗という理学博士と美人論を戦わせ、両人とも妻は[f]『比較スベカラザル程遠カレリ』と言ってるよ。この池田という人、後ほど『味の素』を発明した偉い学者だ。姉さんも使っているだろう?」

「いままでは使ってたけど、奥さんを誉めない人なら、これからは——。でも、漱石ほどの有名人でしょう。あちこちで浮気してたんじゃない?」

「うん。本人は、あなたには女難の相があるなんて言われ、その女難[g]『早くくればいゝと日夜渇望してゐる』と言っているからね。奥さんに湯治を勧められ、看護婦を連れていくように言われると『人間にははずみといふ奴があつて、いつどんなことをしないものでもない』と脅か

したりしている。しかし、渇望したり脅かしたりしているということは、漱石先生、浮気はとても出来なかったんじゃないかな。ロンドンからの手紙にも『僕はまだ一回も地獄抔は買はない考ると勿体なくて買た義理ではない』と書いてあるから」

「地獄って？」

「売春婦のことらしいね」

話がずいぶん下卑てきた。カイナシも話題を変えたくなったのかパイプに煙草をつめ直してプカリ。

「あんた、いいかげんに煙草止めなさいよ」

もともとかなりの愛煙家だったカイナシ、以前は禁煙を勧められたらよく言ったものとか。禁煙？　そんなの簡単さ。今まで何度もやってるんだから。そんな風だったが、マンション管理員をやってからシガレット禁煙と決めたらしい。

管理員なんて名ばかり。本当の仕事は清掃員。毎日毎日清掃ばかり。敷地内の落葉とか子供の汚したゴミだとか、機嫌よくやっていたが、煙草の吸殻だけは腹が立つ。それも何本も何本も落ちている。四カ月ほどは辛抱しながら拾っていたが、そのうちに頭に来てしまった。吸殻は放っておこう。そう決めて三日目、住民の中年オバサンが管理員室へ怒鳴り込んできた。と言っても、最初は穏やかに、

「あのう、管理員さん、煙草の吸殻がたくさん落ちていますよ」

「煙草の吸殻？　私はこの灰皿にちゃんと捨てておりますが」

「いえ、あなたのじゃなくてあちこちに」

「ああ、あれですか。あれは住民の方のものです。ゴミじゃないと思いますよ。わざわざ置いていかれるのですから。何か意味があるのでしょう。住民の方が置かれたものを、私が黙って捨てる訳にはいきませんからね」

そのオバサン、あきれて口もきけなかったらしい。しばし茫然。その後に出たのはキャンキャン声。

「あたし達、あんたにお金払っているのヨ！　どうして掃除しないのヨ！」

「掃除は毎日やっております。落葉なんか一枚もないでしょう」

「落葉なんかどうでもイイ！　どうでもイイの！　あたしが言ってるのは」

「煙草の吸殻ですね？　先ほども申しましたように、あれはですね——」

その結果、ただちにクビ。顔みたいにノッペリ、ノッペリやっておればいいものを。で、シガレットなんか馬鹿の吸うものだと、きっぱり止めてパイプに替えたとか。

カイナシ、わざとプカリプカリと煙を吐きながら、

「煙草って言うがね、これはそんじょそこらの煙草じゃないぜ」

「煙が多いだけもっと悪いわよ」

「漱石にこだわるようだけど、あの先生も結構煙草好きでね、胃潰瘍の手術を受けて医者から禁煙を命じられた時、『[h]夫程害にならぬものを禁ずる必要なし』と言ってプカプカやってたらしいよ。それだけじゃない。ある時、能楽会に出席したら皇后陛下と皇太子殿下も列席されていた。漱石、煙草を一服と思ったら、ここは禁煙ですと断られた。何言ってるんだ。皇后陛下も皇太子殿下も吸っているじゃないか！『[i]是は陛下殿下の方で我等臣民に対して遠慮ありて然るべし』とえらい剣幕で日記に書いているよ」

「今の美智子さまや皇太子さまも吸われるのかしら？」

「さあ、どうだか。雲の上のことなんか知らんね。ただね、漱石はその雲の上を大崇拝したからこそお札になれたんだ。その先生が『遠慮ありて然るべし』とくるんだからすごいね。特に明治天皇への崇拝は大きかったんだが、天皇が昏睡状態になられた時、川開きのイベントが中止されたことには腹を立てている。『[j]天子未だ崩ぜず川開きを禁ずるの必要なし』とね。要するに、相手が誰であっても理に合わないことは許さなかったのさ」

　喋っているうちに食事もすんだ。オセワヨはテーブルの後を片付けながら、

「そんな難しい話はどうでもいいけれどさ、いいかげんにお嫁さん貰わなきゃ、年とってから本当に困るわよ」

と、カイナシを睨みつける。

「昔ね、『ソイレント・グリーン』という映画があってね、二十一世紀初頭のアメリカが舞台のSF作品だ。そこでは、人間八十歳になったらみんなきれいな施設に連れていかれ、安らかに死なせてくれるのさ。いま既に二十一世紀の初頭だ。俺が八十歳になる頃には日本でもきっとそうなるだろうよ」

「そんな惨いこと、出来る訳ないでしょう」

「もし出来ないんなら、俺にはもう一つの手がある。アルツハイマーさ」

「アルツハイマー?」

「そうだよ。苦しみも悲しみもいっさい感じない理想的症状だよ。サラリーマンで人間関係に神経使っていた奴はどうしても神経敏感になってしまう。敏感と言うことはアルツハイマーにかかりにくいということだ。ところが、教師って奴、相手は若輩ばかりだから神経を使うことはきわめて少ない。つまり、神経鈍感で行ける訳だ。鈍感な人はアルツハイマーにかかりやすい。俺も教師のはしくれだ。必ずやアルツハイマーを患うね」

「悲しみも苦しみもって言うけれど、喜びも嬉しさも感じないのよ」

「それこそユートピア、理想郷じゃないか。あの漱石だって晩年になって初めて気付いたようだね。『即天去私』ってね。言葉は難しいが、これ、いま風に言えばアルツハイマーってことだよ」

あの有名な『即天去私』、そんな馬鹿馬鹿しい考えなんだろうか?

「あんた、やっぱりタクシーの追突で頭おかしくなったんじゃない?」

「タクシーじゃないよ。パトカーだよ」

パトカーでもタクシーでも何でもいいよ。即天去私でも即私去天でもどうだっていいさ。いいかげんこの二人の駄弁には飽きてしまった。そんなことより、このミルクとピッタリ合う旨い肉ジャガ、あと一カ月も食えないなんて、何と悲惨なことか。独り者の飼われ犬なんて、そういつまでもやってられないよ。カイナシ殿、早く毎日肉ジャガ作ってくれるお嫁さん貰ってくれませぬか。そう思っていたら、クッキリとボルゾイ姫の麗しい目が浮かんできた。どうしたんだろう。事故かな? 病気かも知れない。可哀想に。熱を出して寝ているのだろうか?

あの漱石先生も奥さんの病気を愁う句を残している。

『病妻の閨に灯ともし暮る丶秋』

おや? 待てよ。カイナシは鏡子夫人は悪妻だと言ったけれど、悪妻が病気になったからといってわざわざ亭主がネヤに灯をつけるだろうか。そういえばロンドン留学時の手紙や日記に恋しい妻よ、なんて照れくさいようなのがあったように思う。眠くなりかけた目をしばたいて全集を持ち出した。何冊か見てみたら、やっぱりあるじゃないか。

『吾妹子を夢みる春の夜となりぬ』

どう見てもこれは愛妻家の句だよ。友人への便りにも『無精極まる僕が妻の処へ丈は一月に一返位便りをするから奇特だらう』とある。他人にまで愛妻家を吹聴しているんだ。奥さんへの手紙には言うまでもない。もうベタベタと言ってもいいくらい。『頻りに御前が恋しい』と記しているんだから。さらに、留守中いろいろご苦労をかけるが『いづれ今年末には帰朝のつもり故其後は何とか方法も立ち少しは楽になるべくと存候』とも書いている。悪妻に向かってこんなやさしい言葉をかけられるかね。ロンドン時代だけじゃない。帰朝してずっと後、一九〇九年の日記にもこんなのがあった。

『快晴、十一時に起きる。パンを食つて、たゞぶら〳〵す。閑適。髭の白髪を抜く。細君の顔少し美しく見ゆ』

偉そうにヒゲを生やしていたから、照れくさくて悪妻家を気取っていたのに違いない。ヒゲなんて無用の長物だ。あの吾輩猫君にしても漱石先生同様にヒゲ面だ。髭の塵を払う、という言葉があるじゃないか。先生にオベッカばかり使って有名になったのだろう。僕にはそんな無用なヒゲなどない。ない、とは言いきれないが吾輩猫君ほどには目立たない。だからオベッカなんか使わない。そして、一向に照れくさくなんかない。僕は決して愛を隠すようなことはしないぞ！

翌日、僕はこうして調べ上げた先生の日記や手紙をワープロ文にし、「先生は歴然とした愛妻家である」との添え文をしてカイナシに見せた。

カイナシ、フンと笑って、

「いいこと教えてやろう。漱石の奥さんは鏡子と呼ばれているね。しかし、これは本名じゃないんだよ。本名はキヨ。奥さん、ハイカラ夫人を気どってキヨーコと呼ばせたのさ」

キヨ? どこかで見たような名前だな。

「キヨって、漱石通のロボ太が知らないはずはあるまい」

わかってるよ。キヨだろう。キヨ、キヨ、キヨ——。アッ、そうだ! あれだ。ワープロ打つのがもどかしい。全集の『坊つちやん』をくわえてきてポンと放り出した。

「そうだよ。『坊つちやん』のお手伝いさんの清だよ。漱石は自分の最高傑作にちゃんと奥さんを登場させているのさ。要するにだ、可愛さあまって憎さ百倍ってやつ。つまりだ、逆もまた真なり、だよ。愛妻家は悪妻家、悪妻家は愛妻家。どっちも同じさ」

急いでワープロ。

「僕の場合は、可愛さあまって可愛さ百倍です。僕の愛は不滅です」

「ヘエー、ロボ太。おまえ恋してるのかい? そりゃ喜ばしいな。大昔にね、吉田兼好という偉い坊さんが言ってるよ。『ふたつ文字牛の角文字直ぐな文字歪み文字とぞ君は覚ゆる』とね」

何のことやらわからないよ。首をかしげて「クン」と鳴いた。

「ふたつ文字とは〈こ〉のこと。牛の角は〈い〉。後はわかるだろう。坊さんて上手いこと言うね」

待てよ、そうするとだ、直ぐなは〈し〉になる。とすればだ、歪みは〈く〉ということだろう。何とも坊主なんて嫌味な奴だよ。何かの本で、偉いお侍さんが『葉隠』とかいう本を書いているらしく、その引用が載っていた。確か『兼好西行などは腰抜けすくたれ者なり、武士業がならぬ故抜け風をこしらへたるものなり』だったと思う。どうやら吉田兼好とかいう坊主、こいつだな。こういう坊主は今でもいるよ。色もの書いて何とか賞をふんだくったり、尼になってベラベラベラベラ喋ったり。そもそも、坊主になるって無念無想することじゃなかったの？　エッ、何だって？　丸儲けすること？　なるほどね、どうりで坊主の衣装は派手だと思ったよ。色出家黙然もせずベラ儲け――か。それにしてもボルゾイ姫、どうしたんだろう？

a『警視庁の探偵であつたら、人のものでも構はずに引つぺがすかも知れない。探偵と云ふものは高等な教育を受けたものがないから事実を挙げる為には何でもする』一九〇五年「吾輩は猫である」

b『医者などは安らかな眠に赴むかうとする病人に、わざと注射の針を立てゝ、患者の苦痛を一刻でも延ばす工夫を凝らしてゐる。こんな拷問に近い所作が、人間の徳義として許されてゐる』一九一五年「硝子戸の中」

c『夫婦は親しきを以て原則とし親しからざるを以て常態とす。君の夫婦が親しけ〔れ〕ば原則に叶ふ親しからざれば常態に合すいづれにしても外聞はわるい事にあらず』一九〇七年 野間眞綱宛手紙

d『喧嘩。細君の病気を起す。夫の看病。漸々両者の接近。それが action にあらはるゝ時。細君たゞ微笑してカレシングを受く。決して過去に溯つて難詰せず。夫はそれを愛すると同時に、何時でも又して遣られたといふ感じになる』一九一六年「断片」

『人間も半ダース子供がある様では頗る時勢後れだ。一人が十分づゝ泣いても丁度一時間かゝる。八釜敷事甚しい。彼等の前途を考へると皺が寄りさうである』一九〇九年 坂元三郎宛手紙

『細君子宮内膜炎、エイ子肺炎、アイ子純一風邪、家内不安全 一時は当惑、小生も神経過労にて陰茎内膜炎にでもなりさうな気が致したり』一九〇九年 鈴木三重吉宛手紙

e『細君未だ臥床困り入り候。いゝ加減に死んで呉れぬかと相談をかけ候処中々死なない由にて直ちに破談に相成候』一九〇八年 小宮豊隆宛手紙

『肝癪が起ると妻君と下女の頭を正宗の名刀でスパリと斬つてやり度い。然し僕が切腹をしなければならないからまづ我慢するさうすると胃がわるくなつて便秘して不愉快でたまらない僕の妻は何だか人間の様な心持ちがしない』一九〇七年 鈴木三重吉宛手紙

f『夜池田ト話ス理想美人ノ description アリ両人共頗ル精シキ説明ヲナシテ両人現在ノ妻ト此理想美人

ヲ比較スルニ殆ンド比較スベカラザル程遠カレリ大笑ナリ』一九〇一年「日記」

g『僕の妻が赤門前の大道易者に僕の八卦を見てもらつたら女難があると云つたさうだ。しかも逃れられない女難ださうだ。早くくればいゝと日夜渇望してゐる』一九〇七年 小宮豊隆宛手紙

『神経痛かリョーマチのやうなものらしいのですが、（略）温泉へでも行つてはといふので、湯ケ原へ行く事になりました。（略）看護婦でもお連れになつてはと申しますと、考へて居りましたが、まあ、よさうよと申します。何故ですかと訊ねますと、とかく男一人女一人なんてのはいけないからといふことに、ではなるべく年寄りの看護婦をお連れになつたらと言いますと、自分ではこの爺さんに間違いはないと思ふが、しかし人間にははずみといふ奴があつて、いつどんなことをしないでもないからなどいつて、たうとう一人で行つて了ひました』夏目鏡子「漱石の思ひ出」

h『昨夜森成と禁煙の約をなす。今朝臥して思ふ左のみ旨くなけれど夫程害にならぬものを禁ずる必要なし。食後一本宛にす』一九一〇年「日記」

i『皇后陛下皇太子殿下喫煙せらる。而して我等は禁煙也。是は陛下殿下の方で我等臣民に対して遠慮ありて然るべし。若し自身喫煙を差支なしと思はゞ臣民にも同等の自由を許さるべし。（何人か煙草を煙管に詰めて奉つたり、火を着けて差上げるは見てゐても片腹痛き事なり。死人か片輪にあらざればこんな事を人に頼むものあるべからず。煙草に火をつけ、煙管に詰める事が健康の人に取つてどれ程の労力なりや。かゝる愚なる事に人を使ふ所を臣民の見てゐる前で憚らずせらるゝは見苦しき事なり』一九一二年「日記」

j『晩天子重患の号外を手にす。尿毒症の由にて昏睡状態の旨報ぜらる。川開きの催し差留られたり。天

子未だ崩ぜず川開きを禁ずるの必要なし。細民是が為に困るもの多からん。当局者の没常識驚ろくべし。演劇其他の興行もの停止とか停止せぬとかにて騒ぐ有様也。天子の病は万民の同情に価す。然れども万民の営業直接天子の病気に害を与へざる限りは進行して然るべし。当局之に対して干渉がましき事をなすべきにあらず。（略）新聞紙を見れば彼等異口同音に曰く都下闃寂火の消えたるが如しと。妄りに狼狽して無理に火を消して置きながら自然の勢で火の消えたるが如しと吹聴す。天子の徳を頌する所以にあらず。却つて其徳を傷くる仕業也』一九一二年「日記」

k『第一無精極まる僕が妻の処へ丈は一月に一返位便りをするから奇特だらうあんな御多角顔でも帰たら少々大事にしてやらうと思ふよ』一九〇一年 ロンドンより藤代禎輔宛手紙

l『おれの様な不人情なものでも頻りに御前が恋しい是丈は奇特と云つて褒めて貰はなければならぬ』一九〇一年 ロンドンより鏡子夫人宛手紙

『留守中色々多忙にて困難のよし委細の様子相分り候甚だ気の毒の事ながら今少し辛防可被成候いづれ今年末には帰朝のつもり故其後は何とか方法も立ち少しは楽になるべくと存候然しおれの事だから到底金持になつて有福にはくらせないと覚悟はして居て貰はねばならぬ（略）日本に帰りての第一の楽みは蕎麦を食ひ日本米を食ひ日本服をきて日のあたる椽側に寝ころんで庭でも見る是が願に候夫から野原へ出て蝶々やげん〳〵を見るのが楽に候』一九〇二年 ロンドンより鏡子夫人宛手紙

第三章「喧嘩が何年出来るか夫が楽に候」

ある日曜日の午後だった。一点の雲もなく天気晴朗。ゴルフにもってこいの日和だがカイナシはやらない。

「狭い狭い日本で誰がゴルフなんか出来ると言うんだ。豪州じゃあるまいし」

カイナシの台詞だが、豪州なんて行ったことないからわからない。それに狭い日本と言うけれど、ここから公園まで歩くにもかなり遠い。こう考えると、日本の端から端まではとても歩けまい。それほど日本は広いと思う。しかし、前にテレビでアメリカ映画を見ていたら、ひどいのがあった。交通渋滞で主人公、車を捨てて町はずれのゴルフ場を歩いて横切る。その時、のんびりゴルフをやっている人に「街は大混雑なのにテメエ等、こんな広い所で何やってるんだ！」と、持っていた鉄砲でガンガン撃ち殺すのだ。見ていたカイナシが呟いた。

「マイケルもなかなかやるな。だけど、ダグラスと言や何たってカークだな。オヤジはもっとすごかったぜ」

そう言って僕にボクシングの真似をして見せたものである。カークとか言うオヤジ・ダグラスさん、かなりのボクシング気違いなのかも知れない。

したがって、こんな素晴らしい日和の日曜日にも、カイナシは何もすることがない。せいぜい狭い庭の芝を刈るくらいのところだ。この芝刈り、カイナシ唯一の屋外活動と言えよう。カイナシのこの古い家、通りの角地にある。日当たりだけはすこぶるいい。親からこの家を受け継いだ折、カイナシは狭い庭の樹を全部掘りおこして捨ててしまった。両親が相次いで亡くなったのは二十年ほど前。その時にはコブシとかサザンカとかツゲなどが数本植わっていた。その中に、ついに実は生らなかった梨の木もあったらしい。こうして一面芝にしてしまった訳だが、いまでは、狭いけれどもそれなりに立派な芝庭になっている。そのハイカラさは家の古さにはまるで似合わないくらいだ。

ただ、僕がこの家に来て最も弱ったのが、尾籠な話で恐縮だがオシッコである。女犬は別だけれど、実は僕たち男犬は何か柱のようなものが立っていないと放尿できない。電柱が最も手頃なんだが、たとえいくら尿意を催しても、あのような長いものが立っていなければ出ないのだ。で、最初この庭へ来たときオシッコをしたくなって庭を見渡した。が、樹は一本も植わっていない。しかたがない、何か他の柱状のものを、と尿意をこらえて探したら、隅の壁に一メートルくらいの棒みたいなものが立てかけてあるのを見つけた。これだ、これ。電柱に比べたらかなり小さいが、放尿には差し障りない。右脚をあげてシャーとやった。気持ちよかった。

そうやって四、五日過ぎただろうか。ある日、カイナシがその棒状のものを引き出して驚いているのを見かけた。棒の下部には刃のような金属がついているのだが、それがギスギスに錆びている。カイナシは不思議がりながら、ヤスリを取り出してその錆を磨きあげた。何をするのかと見ていたら実は芝刈りだったのだ。どうやら僕の棒状尿具は芝刈機だったらしい。それには少々僕も驚いたが、実はカイナシが刈っている間、次第に尿意を催し、早く芝刈りが終わらないかと待ちこがれていたのだ。カイナシは芝を刈りながら、どういう訳か僕をチラチラ見ている。やっと終わった、さあこれでオシッコが出来ると思ったのに、カイナシがその道具のそばを離れない。離れずにジーと僕を見つめている。こんなに見つめられていては気持ちよく放尿出来るもんじゃない。早く向こうへ行ってくれよ。行かないか！　早く行けよ！　だけれども、一向に動かないのだ。ジーと僕を見つめたまま。エエイッ、もう辛抱たまらない。ヨタヨタとその道具まで歩いていって恐る恐る放尿した。何故か勢いがなくショボショボショボショボと。

「コラッ、何をやってる！　いい加減にしろ！」

いい加減と言ったって、出だしたものは止まらない。ショボショボ終わって妙に恥ずかしくなり、スゴスゴ庭の隅へ引き下がった。その隅で僕がいつまでも首をうなだれて沈んでいるのを見てカイナシは気付いたらしい。

「そうか。そうだったのか。いや、悪かった。チョット待ってろ」

そう言って出かけて行ったが、そのうち三十分ほどすると、太くて長い杭をかついで戻ってきた。戻ってくるや、エイッと芝の端側に打ちつけたのである。以来、その杭が僕のトイレになっている。芝庭の中でもその杭の回りの芝だけが最も美しい。格好な肥料に恵まれるのだろう。そのトイレ杭、今ではスズメ君たちの見晴らし台ともなっている。

で、そのゴルフ日和の日曜日、ちょうど芝刈りが終わったとき、玄関で「先生！」という声がした。僕にとって先生とは漱石さん以外にないのだが、一体この場で先生とは誰のことか、と玄関まで飛び出してみたら、背の高い若者。妙なことに髪が僕よりまっ茶色だ。結構スマートないい男なのに、惜しいことにこの髪色じゃ。もし黒髪だったらかなりもてるはずだが、と悔やんでいたら、カイナシも手を拭きながら出てきた。

「おお、左東君か。いったいどうしたね？」

「いえ、いま投票してきたところですよ。近くでしょう、投票所。で、チョット寄らせて貰いました。どうせ先生、お暇でしょう?」

この間から車でギャンギャンやっていたが今日が投票日か。それにしても、お暇でしょうとは、この若者にまでカイナシの無為徒食ぶりが知れているらしい。

「暇って訳じゃないがね。そうかい、君にも投票権あったのか」

「ええ、今回が初めてです。ですから、張り切って清き一票をやってきましたよ」

「なるほど、清き一票ね。まあ、上がれよ。何のお構いも出来んがね」

「滅相な。独身者の先生にお構いなどさせる訳にはいきませんよ。コーヒーをいただくだけで結構です」

今の若者には、コーヒーはお構いのうちに入らないらしい。それにしても惜しいな、この髪色。

「こちらは俺の生徒で左東官治君。こっちはロボ太だ」

カイナシが紹介するので僕は頭をピョコンと下げた。が、若者は知らん顔。

「左東君は変わった奴でね。デザイン学校へ来てるのに卒業したら大工になるんだとさ」

「大工じゃないですよ。左官です」

「そう。左官だ。そこが気に入ってね、可愛がってやっているのさ」

「別に取り立てて可愛がってもらった記憶はありませんがね。ところで先生、さっきからいったい誰に喋っているんです？」

「このロボ太にだよ。こいつは人間の言葉がわかるのさ」

「わかってもわからなくても、この犬、チョット頭がデカすぎませんか？」

何という奴だ。甲斐性なしの先生には、礼儀なしの生徒がつくものなのか。

「いや、少しはデカいがそれだけに頭がいい。特に漱石への蘊蓄《うんちく》はかなりのものだよ」

「ソーセキって何です？」

「夏目漱石だよ」

「ああ、あの千円札の」

カイナシ、少々不安になったようだ。

「君、漱石ってどんな人か知ってるかい？」

「失礼ですね。知ってますよ。確か『僕は猫です』を書いた人でしょう。いや、待てよ、『俺は猫だ』だったかな？」

大工か左官か知らないが、ないのは礼儀だけじゃないね。教養さえ心細いものだよ。さしずめ「サカン」と呼ぶのがふさわしかろう。カイナシもあきらめたようにコーヒーを入れにいった。実はこのカイナシ、大のコーヒー党だ。と言って、サイフォンがどうのパーコレーターがこうのなんて難しいことは言わない。インスタントである。ただ、入れ方が違う。A社の黒っぽい小粒を二分の一、B社の茶色いサラサラ粒とC社の白味がかった大粒をそれぞれ四分の一ずつかき混ぜる。「これを発見するのに一年かかったよ」と自慢したものだ。ただし、僕はコーヒーなんて大嫌い。あんな苦いものを飲む奴の気が知れんね。コーヒー抜きのミルク・コーヒーならいいけれど。注文したサカンもあまりコーヒー好きとは思えない。自慢のコーヒーを勧められても、一向に感じ入った素振りはないのだから。カイナシもあえて自慢説明をしなかった。無駄と承知したのだろう。

「先生、もう投票されました?」

先生と言や、誰だって立派な顔立ちと思うじゃないか。それなのに、このノッペリ面でも先生なのかね。

「俺は投票なんて無駄なことはせんよ」

「無駄ですって?」

「そうさ。俺も今までに五回くらいは投票もしたさ。したけれども、俺が入れた奴は一人も当選しない。だから、六回目からは止めることに決めた」

「だけど先生、あれは国民の権利でしょう。いや、義務だったかな?」

「義務でも権利でもいいが、そもそも日本に民主主義なんて洋風主義は根付かないよ。君、投票権あるんだったら、元首を投票出来るかい?」

「ゲンシュって?」

「総理大臣さ」

「ああ、あれは僕らには投票出来ませんよ。議員じゃないんだから」

「総理大臣も国民には選挙させないで、なぜ民主主義と言うんだね。議員主義とか官吏主義ならわかるがね」

「だって、学校で教えて貰いましたよ。日本は民主主義の国だって」

「学校なんてのは嘘を教える所なのさ。そうだろう? 一+一=二なんて誰が決めたんだ。一×一=一。嘘つけ。一人の男と一人の女を+してみな。×でもいいよ。あっという間に赤ちゃんが出来て、最低でも三、多い時には五にも六にもなるよ。嘘を教えるのが学校、嘘で固まったのが国家なんだよ。国家の要人は言うね。我が国は軍隊など持っていない、とね。軍艦も戦闘機もあるのにさ」

「じゃあ、先生も学校で嘘を教えてられるんで?」

「勿論さ。嘘ばかり教えているよ。嘘から実《まこと》が出るんだからな」

「やっぱり僕の決断は正しかったようですね。嘘を聞かされてデザイナーなんかにはなれませんものね」

「先ほどの選挙にしてもだ、もし国家が嘘固めじゃないのなら、必ずマイナス選挙を実施するはずじゃないか」

「マイナス選挙？」

「そうだよ。落選させたい奴はいっぱいいるのに、当選させたい奴など一人もおらん。これが日本の選挙の常態だ。そんな場合、当選させたくない候補者名を赤ペンで投票する。そうしたら、そいつの獲得票から一票差し引く。こういう仕組みだ」

「そんな仕組み、あるんですか？」

「ないね。ないけれど、本当の民主主義には絶対必要な仕組みだ。その必要な仕組みがどこにもないということはだ、この世の中、どこを探しても民主主義など存在していないということだよ。だからだ、選挙をするたびに投票率はドンドン下がっているじゃないか。みんな、ようやくそのことに気付き始めたのさ。この調子で嘘固め選挙を続ければ、今に投票率はゼロになるだろう」

「僕は必ず投票しますよ。だから、絶対にゼロにはなりませんね」

「まあそれはともかくだ、そもそも当選とか落選とかいう考え方が間違っているんだよ。実はね、俺も中学時代、一カ月学校委員長に当選したことがあるんだ」

「一カ月って、どういうことです？」

カイナシはパイプを取り出して灰皿を持ってきた。

「君、煙草は?」

「あんなものやりませんよ。馬鹿と女の吸うもんです」

「いいこと言うね。確かにシガレットはその通りだ。が、パイプは違う。これはかのホームズの愛好品だからな」

「名探偵の愛好品じゃ、先生にはまるで似合いませんね」

「いいじゃないか。本人はその気でいるんだから。そこでだ、その学校委員長だがね、何も好き好んで立候補した訳じゃない。候補者が一人しか出ず、学校も困ってしまった。そうしたら、友達が何人か集まり、俺に立候補せよと迫ってきたんだ。どうせ相手の奴が当選するに決まっているから、選挙の賑わいのために出ろ、と。確かに、その相手の奴はものすごくハンサムで俺より頭もいい。通るはずないのなら、よし、選挙に出て賑わしてやろう。そして演説してやった。俺の言うことを聞く奴は俺に投票しろ。聞かん奴は絶対に投票するな、とね。結果はどうだ、何と五十一パーセントで俺が通ってしまった。多分、相手があまりにもハンサムすぎて男生徒の反感を買ったのだろうよ」

「なるほど。そりゃそうですよね」

サカンはシゲシゲとカイナシの顔を見ながら頷いた。カイナシ、まるで気にせず、

「学校委員長が指揮して毎朝十五分の朝礼がある。俺は俺に投票した生徒だけ出席させ、投票しなかった奴は朝礼に出なくてもいいと宣言した。だって、そうだろう。投票もしていない奴の話など聞く訳ないじゃないか。最初朝礼に出てくる生徒は三百人くらいだった。朝礼では、我々は自由を尊重せねばならない。大いに自由を満喫してくれ、なんて喋ってやったよ。一週間経った。朝礼出席は二百五十人となった。二週間目には二百人、三週間目は百五十人という風に、どんどん減っていくじゃないか。一カ月後には、選挙に俺をかつぎだした友人、十三人だけになってしまった。俺は校長に申し入れた。このリコールによって委員長を辞任する、と。校長、当然のことのように受け入れ、例のハンサム坊やを新委員長に任命した訳だよ」

「そのハンサムさんも朝礼したんですね。先生は出席されました？」

「出る訳ないだろう。最初はあの十三人も俺に同調して欠席していたが、いつの間にか欠席は俺一人になってしまったよ。一将功成らず万骨去る、だな」

聞いたような言葉だが？　中学の頃のカイナシ、やはりノッペリ面だったのかどうかは知らないが、へそ曲がりだけは変わらないな。雀百まで、なんだから。

「君、アンデパンダンて、知ってるかい？」

カイナシ、突然難しい西洋語を使ってきた。ところが、僕の知らない西洋語を何とサカンは知っていたから驚いた。

「何か妙な展覧会みたいなものでしょう」

「そうだよ。落選者のね。フランスで起こった運動だが、官制の展覧会で落選した画家が集まって展覧会を開いた。そうしたら、当選画家の官制展覧会よりも、こっちの落選展覧会の方が人気が出たというんだ。当選駄目で落選万歳という訳だ。漱石も全く同じことを言っている。漱石の友人の画家が落選してしまった。エーと、誰だったかな？　おい、ロボ太、すまないが心当たりの全集何冊か持ってきてくれないか」

サカン、びっくりして僕を覗きこんだ。フン、どうだね、参ったろうと本棚へ行ったが、弱ったな。心当たりと言ったって――エエイッ、どうせ日記か手紙だろう。数冊引き出して新聞紙の上に置き、その新聞の端をくわえて引っ張ってきた。

「OK、OK。日記と書簡ね。よしよし」

そう言ってカイナシ、僕の頭を撫でる。その仕草が何ともイヤらしい。僕はあわててサカンの方へ逃げ寄った。サカン、初めて僕を見直し、僕に向かってウインクする。いやあ、茶色の髪は気に食わんが、それなりにいい若者ではないか。僕は思いきってサカンの足に首をすりつけた。サカン、まるで何げもなく僕の頭を撫でる。うん、この撫で方ならいい。その足元に座ることにする。

「あった。これだよ。津田青楓という画家だ。彼宛の手紙に『落[a]第《ママ》者が沢山あるやうですがどうかして其人々の作品を当選者と対照して見せたい』とある。そして『落選展覧会と号して天下に呼号したら』と言ってるよ。これがアンデパンダンだ。選挙でもそうだよ。当選者の政治にはもうアキアキだ。アンデパンダン内閣が発足すれば日本ももっともっと住みやすくなるのに」

「僕は今でも日本は住みやすいですがね」

サカンが僕の頭を撫でながら口をはさむ。他国は知らないから僕も同感だ。カイナシ、そんなはさみ口は無視しながら全集を繰って呟く。

「二年続けて日本人がノーベル賞を貰ったね。ノーベル賞を貰った学者は偉い人かも知れないさ。しかしね、それじゃ聞くが、ノーベル賞を貰わない学者は偉くないのかね？　アンデパンダン学者はどうすりゃ救われるんだ。漱石も鋭く指摘しているよ。これだがね。木村栄という天文学者が明治政府から表彰され、五百円と直径三寸、まあ十センチくらいだな、そんなトロフィを貰ったんだ。漱石は噛みつく。『他の学者はたゞの一銭の賞金にも直径一分の賞牌にも値せぬやうに俗衆に思はせる』とね」

「俗衆って僕らのことですか？　漱石って、あまりいい言葉使わないんですね。言われた方じゃシラケますよ。もしですよ、漱石って人にノーベル文学賞が与えられたとしたら、漱石さん、他の作家が偉くないと僕ら俗衆に思わせないために、ノーベル賞断るんですかね」

サカン君、いいぞ、いいぞ。

「断るね」

カイナシ、まるで動ぜずにページを繰る。

「ここにチャンとある。見てみろ」

『太陽雑誌を送つて来る。名家の投票当選と云ふのがある。政治家、宗教家、抔色々あるうちに文芸家として自分が当選してゐる。当選者に金盃を進呈すると書いてある。金盃は断わらうと思ふ』一九〇九年「日記」

「そもそも漱石の漱という字は、口をすすぐという意味だ。石で口をすすぐと言うのだから、相当のヘソ曲がりなんだよ」

自分のチッポケヘソは棚に上げて、いい気なものだ。

「それにだ、漱石はノーベル賞など貰えないよ。外国人にはわからないように書いてあるんだから。君、数年前の日本のノーベル賞作家、読んだかい？」

「確か、何とか三郎でしたね。いいえ、以前『万年元旦のハンドボール』とかいうの、タイトルが面白そうだったので読みはじめましたが、まるでさっぱりわからない。三ページも進まないうちに止めてしまいましたよ」

「そりゃそうさ。彼は日本人のために書いているんじゃないものね」

「でも、文字は確か日本文字でしたよ」

「日本文字だが日本文じゃない。あれは恐らくスウェーデン文なんだと俺は思うね」

「スウェーデン?」

「彼の目的はノーベル賞だけだ。日本人にわかろうがわかるまいが、そんなこと知っちゃいない。スウェーデン人にさえわかればいいのさ。もっとも、本人に聞いた訳じゃないからよくは知らんがね」

「よく知らないことを偉そうに喋るってのが、先生稼業の秘訣なんですかね」

「よし、じゃあよく知ってることを喋ろう。漱石のことだがね、あの先生は違う。日本人のためだけにしか書かなかった。『虞美人草』を海外出版のために翻訳させてくれ、との申し入れに、あれは日本の代表的作者のものではないし、外国語に訳せるようなものではない、したがって『翻訳の義は平に御免を蒙り度と存候』ときっぱり断っている」

「ああ、あれグビジンソウって読むんですか。難しいですよね。何のことです?」

「ヒナゲシのことさ」

「フーン、ヒナゲシね。だけど先生、あのノーベル賞を貰った作家先生、確か文化勲章をきっぱり断っていますよ」

「あれは『俺は世界の大作家だ、日本のチッポケ勲章なんてクソクラエ』と言ったまでのことさ。これも本人に聞いた話じゃないがね。知っていることで言えば、漱石先生も博士号を断っているということだな」

「漱石って人、断るのが好きなんですね」

「そうだよ。押しつけられたものはすべて拒否。これが漱石先生の生き方だ。例えばだ、ある時、学習院で講演を頼まれた。終わったら十円の薄謝が渡されたんだ。漱石、無礼だと突き返している。『職業以外の事に掛けては、成るべく好意的に人の為に働いてやりたいといふ考へを持つてゐます。さうして其好意が先方に通じるのが、私に取つては、何よりも尊とい報酬なのです』とね。薄謝の押しつけは拒否、ということさ」

「僕はまた、十円じゃ少ないって怒ったのかと思いましたがね」

「なかなか鋭いね。実を言うと、そうかも知れないという面もあるんだな。と言うのはだね、薄謝と書いた封筒そのままを突き返したのならわかるんだが、わざわざ封筒を開いて中に十円入っているのを見てから、無礼な、と突き返しているんだ。『大富豪に講演を頼むとした場合に、後から十円の御礼を持つて行くでせうか』とも書いている」

「大富豪なら十円では失礼だ、百円でなきゃ、ということですかね?」

「そう思われてもしかたあるまいな。あの先生に限ってよもや金額の問題ではないと思うんだが、『硝子戸の中』のこの文章表現は良くないな。この表現だったら誰でも君のように思うだろう」

「漱石って人、その文章で何を言いたかったんです？」

「要するに押しつけられたものは嫌だということだろうね、多分」

「なるほど、試験を押しつける学校を嫌がる僕と同じですね。だけど、そんな個人的なことを文章にして原稿料稼げるなんていい商売ですね」

「そりゃあもう高給商売だよ。しかしね、試験と言えば、漱石にも同じようなのがある。東京大学で英文学の講師をやってた頃だ。教授たちは語学試験の問題は講師に何の相談もせず教授自身で勝手に考える。ところが試験そのものとなると教授は知らん顔。試験の実施は講師にやらせる訳だ。『自分たちが面倒な事を勝手に製造して置いて其労力丈は関係のない御客分の講師にやれといふ理屈はない』と押しつけ試験にカンカンに怒っているんだよ」

「教授と講師は違うんですか？」

「教授は正社員、講師はパートみたいなものだ。俺はれっきとした講師だ。だから気楽なものさ。学校がどうなろうと、生徒がこうなろうと全く関係のない身だからな」

「だから先生の授業、つまらん与太話ばかりで何のタシにもならないんですね」

「厳しいこと言うね。これでも俺は一所懸命ヨタを飛ばしてるんだぜ。我が世誰ぞ常ならむってね。ヨタレソツネという訳さ」

くだらん。洒落のつもりかね。一度カイナシの講義、聞いてみなきゃならんな。

「僕がデザイナーになる気にならなかったのは先生のヨタレ講義のせいですよ」

「デザイナーなんて百もいるさ。そこへいくと大工、いや、左官だな、これはめったにお目にかからんからな。『百年の後百の博士は土と化し千の教授も泥と変ずべし。余は吾文を以て百代の後に伝へんと欲するの野心家なり』。漱石先生が弟子に送った手紙の一節だ。君も左官でもって百代の後までも残せる野心家になればいいのさ」

「野心はともかく、その土になるとかいう博士号拒否の件は?」

「そう、それだがね、漱石はもともと博士が嫌いだったんだ。『[f]不具の不具の最も不具な発達を遂げたものが博士になる』なんて、かなりひどいことを言ってる。『猫』にだって『矢つ張り馬鹿ですな。博士論文をかくなんて、もう少し話せる人物かと思つたら』という台詞があるしね。ほれ、これを見たまえ」

　そう言ってページを開いていた全集の手紙のところを示した。

『近来昼寝病再発グー〳〵寝ルヨ博士ニモ教授ニモナリ度ナイ人間ハ食ツテ居レバソレデヨロシイノサ大著述モ時ト金ノ問題ダカラ出来ナケレバ出来ナイデモ構ハナイ』一九〇三年　菅虎雄宛手紙
「それほど嫌いだったのに、博士になれと迫られた漱石『[g]小生は今日迄たゞの夏目なにがしとして世を渡つて参りましたし、是から先も矢張りたゞの夏目なにがしで暮したい希望を持つて居ります。従つて私は博士の学位を頂きたくないのであります』と文部省に断りの手紙を出している」

「漱石って時にはいいこと言うんですね。僕も左東ナニガシのままでいいですよ」

駄目ダメ。君は既に「ナニガシ」じゃなくて「サカン」なんだぜ。

「でも先生、ナニガシでも博士になれるでしょう。夏目ナニガシ博士なんていいじゃないのかな」

「うん、そりゃそうだが、もうひとつ、大の喧嘩好きという面もあるんだ。友人への手紙に『喧嘩が何年出来るか夫が楽に候』と書いているくらいだからね。文部省は漱石の断り状も無視した。そうしたら今度は『毫も小生の意志を眼中に置く事なく、一図に辞退し得ずと定められたる文部大臣に対し、小生は不快の念を抱くものなる事を茲に言明致します』と文部大臣に喧嘩を売っているんだよ」

「先生、先生もかなりの時代遅れですね。今や文部省なんてのはないですよ。よくは知りませんが、確か、ナニガシ省?」

「そのナニガシ省だがね、ロンドン留学中の漱石に、研究報告書を出せと言ってきた。研究はまだ終わっていないから報告など出来ない、と先生は知らん顔。ナニガシ省、そんなことは認められん、早く出せ、と迫ってくる。漱石、タイトルだけ『報告書』と記して全くの白紙を送ったらしい」

「僕が白紙で答案用紙を出すのと同じですね。漱石はどうやら僕の仲間みたいだな。僕だってわからないから白紙で出すんじゃないですよ。まだ考え中、という意味なんです」

　よくもまあ下手な嘘をつくね。カイナシもあえて問いつめず。

「これからは俺の答案用紙には『考え中』と書いてくれよ。そうしたら五十点やるから」

「たった五十点ですか。白紙にしたいところを三文字も書くんですから、五十五、いや六十点にしてくださいよ」

「わかったよ。どうせ俺は講師だから何の責任もないからな。七十点でも八十点でもその日の気の向くままにつけてやるよ。で、喧嘩漱石だがね、昔の逓信省[j]、ちょっと前までは郵政省、今じゃ何と言うのかな、モヒトツナニガシ省の大臣にもどやしつけているんだ。三日の消印があるのに七日に到着した、いったい何事だ、と。逓信大臣の名を知らなかったから、あちこち問い合わせて調べてまで喧嘩を売るんだよ」

「宅急便なら翌日届きますがね、親方日の丸の郵便局じゃ」

「その日の丸親方、つまり総理大臣のことだが、漱石先生、日の丸大臣にまで嫌味なことをやるんだ。総理[k]大臣が著名文学者を宴会に招待した。そしたら漱石、ハガキに一句『時鳥《ホトトギス》厠なかばに出かねたり』とだけ書いて送ったらしい。総理大臣宛にハガキ一枚。それも便所の途中だから行けません、と」

「今だったら電子メールがありますがね。でも、なぜホトトギスなんです？」

「わからん。が、ホトトギスはテッペンカケタカと鳴くんだそうな。テッペンは頂上、つまり総理のことだよね。総理よ、あなたも既に欠けてしまったな、と言いたかったのかも知れないな」

「ホトトギス漱石にもホトホト感心しますね。何だかギスギスした生き方が」

うまいこと言うじゃないか。こうなりゃ僕も負けちゃおれない。いいとこ見せなきゃ。ワープロを打ってカイナシとサカンに「ワン」と呼びかけた。

「実は漱石先生、博士になりたかったのですよ」

ワープロ文を見てサカンはびっくりして僕を見つめる。どうだい、と「クンクン」鳴きながら『吾輩は猫である』のページを鼻で繰って見せてやった。

『元来こゝの主人は博士とか大学教授とかいふと非常に恐縮する男である』

サカン、誠に感じいった様子。しかし、カイナシはただフンと言うだけ。やむなくまたもページを繰って外の所を見せる。

『あゝ云ふ人物に尊敬されるには博士になるに限るよ、一体博士になつて置かんのが君の不了見さ』

カイナシ、今度はフンフンと呟きながら書簡集を繰っている。コンチクショウ。僕は本棚へ走って『満韓ところ〴〵』をひっさげてきて見せた。サカンはもう口あんぐり。

『峰八郎君の細君に逢つたとき、八郎君は真面目な顔をして、是は夏目博士と引き合した。すると細君が御名前はかねて伺つて居りますと丁寧に御辞儀をされるから、余も已を得ず、はあと云つたなり博士らしく挨拶をした』

カイナシは見ようともせず、

「ロボ太、いくら頑張ったって博士嫌いの手紙がいくつもあるぜ。ロンドン時代にも親戚からの便りに、博士になって早く帰れとあった返事に『博士[1]になるとはだれが申した博士なんかは馬鹿々々敷博士なんかを難有る様ではだめだ』とある。他にも『博士になるさうですなかと云はれるとうんざりたるいやな気持になります。——何も博士になる為に生れて来やしまいし』とか『人間も教授や博士を名誉と思ふ様では駄目だね。——漱石は乞食になつても漱石だ』なんてのもあるぜ」

エエイッ、クソ！『断片』に決定的な文章があるんだが、ローマ字が多くて引用出来ない。早くローマ字を打つ練習をせねば。しかたがない、現物を示そうと、その『断片』掲載の全集を探していたら、カイナシが先に一文を示してしまった。

「まあロボ太は気に入らないかも知らんが、ここに決定的な文章がある。少し長いが読んでみるよ」

『世の中はみな博士とか教授とかを左も難有きもの、様に申し居候。小生にも教授になれと申候。教授になつて席末に列するの名誉なるは言ふ迄もなく候。教授は皆エラキ男のみと存候。然しエラカラざる僕の如きは殆ど彼等の末席にさへ列するの資格なかるべきかと存じ。思ひ切つて野に下り候』一九〇七年　野上豊一郎宛手紙

「野に下るって、どういうことです?」

と、サカンが問う。

「新聞社へ入社することだよ」

「ヘエッ、知らなかったな。新聞社って野原なんですか。なるほど、漱石さん、野原で遊びたかったんですね。博士や教授では遊べませんものね。やっぱり僕と同類項ですよ」

「その手紙の最後はこうだ。『今日はひる寝をして暮し候。学校をやめたら気が楽になり候。春雨は心地よく候　以上』」

「ひる寝か。いいなあ。何だか僕、漱石が好きになってきましたよ」

「漱石は俳句の名人でね、俺は俳句なんて嫌味なものは大嫌いだが、こんな名句を残しているよ」

前にも聞いた台詞。またも初夢かと思っていたら全く別のだ。カイナシの言説はかなり注意して聞く必要がある。口ずさんだのは次の句。

『寝てくらす人もありけり夢の世に』

サカン、あたりに散らばった漱石全集をあれこれ見つめながら、

「さすが、千円札の値打ちがありますね。一万円札はちょっと重苦しいけど、千円札は気軽に使えますからね。それが漱石なんですね。読んだことないけれど、これから一つ読んでみようかな。先生、どれがいいです？」

カイナシ、書簡集の最後に近いページを開いて声高に読みあげる。

『どうぞ修業をして真面目に立派な坊さんになつて下さい私の書物などは成るべく読まないやうになさい』　一九一五年　鬼村元成宛手紙

「十分に修業して真面目な大工、いや、左官さんになってくれ。漱石の書物などは読まない方がいい、とね。入院中に看護婦が自分の作品を読んでいるのを見た漱石、そんなのはくだらんから止めろと言っている。自分の作品はいずれも嫌な気がして人には勧められない、と言っているんだよ」

「そう言いながら、しっかり原稿料稼いでいたんでしょう。意外とずるいんだな」

「そうだよ。ずるくなきゃ世には残らんよ。今さらずるい作家のものは読まなくていい。もし

何か読みたいのなら、漱石が『確《n》かに天才だ。一句々々の妙はいふべからざるものがある』と絶讃している作家のものを読むべきだ」

「誰です？　それ」

これさ、と言って文庫本をポンと投げた。泉ナニガシ、そう鏡の花である。ウーム、そう言えば確か『猫』にもそんな名前が出てくる一節があったな。調べなくちゃと『猫』を引っぱり出した。あった。『鏡花の小説にや雪の中から蟹が出てくるぢやないか』。何だい、これは？もう一度『猫』を読み直さねばよくわからんな、と考えていた時、サカンは泉鏡花の文庫を二冊借りて僕にウインクしながら帰っていった。本貸す馬鹿に返す馬鹿。ざまあ見ろ。これでカイナシの貴重な鏡花文庫、二冊消えたことになる訳だ。おかげで我が漱石全集、みごと手元、いや、鼻元に残った次第である。有難い々々々。

【付記】後ほど、ローマ字ワープロが打てるようになったので、あの際、記せなかった博士礼讃文をここに引用しておく。これを読めば、本当は漱石先生、博士になりたかったんだということが歴然と判明する。まあ言ってみれば、悪妻家＝愛妻家みたいなものなのだろう。つまり、博士嫌悪＝博士愛好なんだな。一九〇四年の『断片』である。

『Ta,ta,ta,la,la,la;tala,tala,li;hanatalali;talali,talali,y-a-a-a-i-i-i!是西洋の真言秘密の呪符なり之を唱ふる事三遍なれば博士になる事受合なり』

a『愈文展が開会になりましたあなたは落選のやうです（略）其他にもまだ落第者《ママ》が沢山あるやうですがどうかして其人々の作品を当選者と対照して見せたい。どうですか山下とか湯浅とかいふ連中と相談してギーナス倶楽部でも借りて落選展覧会と号して天下に呼号したら』一九一三年 津田青楓宛手紙

b『木村氏が五百円の賞金と直径三寸大の賞牌に相当するのに、他の学者はたゞの一銭の賞金にも直径一分の賞牌にも値せぬやうに俗衆に思はせるのは、木村氏の功績を表するがために、他の学者に屈辱を与へたと同じ事に帰着する』一九一一年「学者と名誉」

c『御指名の虞美人草なるものは第一に日本の現代の代表的作者に無之第二に小六づかしくて到底外国語には訳せ不申、第三に該著作は小生の尤も興味なきもの第四に出来栄よろしからざるものに有之。是等の諸件にて右翻訳の義は平に御免を蒙り度と存候小生も単に芸術上の考よりはとくに絶版に致し度と存居候位に候へども時々検印をとりにくると幾分か金が這入る故又どうせ一度さらした恥を今更引込めても役に立たぬ事と思ひ其儘に致し置候』一九一三年 高原操宛手紙

d『私が去年の十一月学習院で講演をしたら、薄謝と書いた紙包を後から届けてくれた。立派な水引が掛

かつてゐるので、それを除して中を改めると、五円札が二枚入つてゐた。（略）私は御存じの通り原稿料で衣食してゐる位ですから、無論富裕とは云へません。然し何うか斯うか、それ丈で今日を過ごして行かれるのです。だから自分の職業以外の事に掛けては、成るべく好意的に人の為に働いてやりたいといふ考へを持つてゐます。さうして其好意が先方に通じるのが、私に取つては、何よりも尊とい報酬なのです。（略）もし岩崎とか三井とかいふ大富豪に講演を頼むとした場合に、後から十円の御礼を持つて行くでせうか、或は失礼だからと云つて、たゞ挨拶丈にとゞめて置くでせうか。（略）もし岩崎や三井に十円の御礼を持つて行く事が失礼ならば、私の所へ十円の御礼を持つて来るのも失礼でせう』一九一五年「硝子戸の中」

e『僕は講師である。講師といふのはどんなものか知らないが僕はまあ御客分と認定する。大学から普通の教授以上丁重に取扱はれてもよいと考へて居る。大学の方ではさうは思はんかも知れんが僕の方ではさう解釈してゐる。（略）其代り講師には教授抔の様な権力がない自分の教へる事以外の事に口は出せない。夫等は皆教授会で勝手にきめて居る。語学試験の規則だつても講師たる僕は一向あづかり知らん。（略）自分たちが面倒な事を勝手に製造して置いて其労力丈は関係のない御客分の講師にやれといふ理屈はない。（略）〇〇〇〇は僕を以て報酬がないからやらんのだと教授会で報告したさうだ。其解釈は至当である。僕自身もさう考へて居る。僕の様なものに手数（担任以外の）をかけるには金銭か、敬礼か、依頼か、何等かの報酬が必要である。それがなくて単に……嘱托相成候間右申し進候也といふ様な命令なら僕だつて此多忙の際だから御免蒙るのはあたり前である』一九〇六年　姉崎正治宛手紙

f『あなた方は博士と云ふと諸事万端人間一切天地宇宙の事を知つて居るやうに思ふかも知れないが全く

其反対で、実は不具の不具の最も不具な発達を遂げたものが博士になるのです』一九一一年「道楽と職業」

g『昨二十日夜十時頃私留守宅へ（私は目下表記の処に入院中）本日午前十時学位を授与するから出頭しろと云ふ御通知が参つたさうであります。（略）学位授与と申すと二三日前の新聞で承知した通り博士会で小生を博士に推薦されたに就て、右博士の称号を小生に授与になる事かと存じます。然る処小生は今日迄たゞの夏目なにがしとして世を渡つて参りましたし、是から先も矢張りたゞの夏目なにがしで暮したい希望を持つて居ります。従つて私は博士の学位を頂きたくないのであります。此際御迷惑を掛けたり御面倒を願つたりするのは不本意でありますが右の次第故学位授与の儀は御辞退致したいと思ひます。宜敷御取計を願ひます』一九一一年　文部省学務局長福原鐐二郎宛手紙

h『小生は生涯に文章がいくつかけるか夫が楽しみに候。又喧嘩が何年出来るか夫が楽に候。人間は自分の力も自分で試して見ないうちは分らぬものに候』一九〇六年　高浜虚子宛手紙

『学位令の解釈上、学位は辞退し得べしとの判断を下すべき余地あるにも拘はらず、毫も小生の意志を眼中に置く事なく、一図に辞退し得ずと定められたる文部大臣に対し、小生は不快の念を抱くものなる事を茲に言明致します。文部大臣が文部大臣の意見として小生を学位あるものと御認めになるのは已を得ぬ事とするも、小生は学位令の解釈上、小生の意志に逆つて、御受けをする義務を有せざる事を茲に言明致します。最後に小生は目下我邦に於る学問文芸の両界に通ずる趨勢に鑑みて、現今の博士制度功少くして弊多き事を信ずる一人なる事を茲に言明致します。右大臣に御伝へを願ひます。学位記は再応御手元迄御返付致します』一九一一年　文部省学務局長福原鐐二郎宛手紙

i『何でも留学生の義務として、文部省へ毎年一回づゝか、研究報告をしなければならないのださうですが、夏目は莫迦正直に、一生懸命で勉強はしてゐるものゝ研究といふものにはまだ目鼻がつかない。だから報告しろつたつて報告するものがない。しかも文部省の方からは報告を迫つて来る。そこで益々意地になつたのか、白紙の報告書を送つたとかいふことです』夏目鏡子「漱石の思ひ出」

j『あの手紙は三日の消印あるにも関せず七日に到着馬鹿〔々々〕しいぢやげーせんか。付箋も説明も何もありやせん。夫から逓信大臣に逐一事情を報告に及んでやりました。僕が大臣に手紙を出したのは生れて始めてゞす。尤も逓信大臣の名を知らなかつたから二三人に問ひ合して大浦君だといふ事を確めてかいてやりました。あの手紙を見て郵便配達の取締を厳にして、且延着の理由を僕の所へいふてくれば大臣だが、平気で居るなら馬鹿だーねー君』一九〇五年　野間眞綱宛手紙

k『「虞美人草」を書きかけて居る最中、総理大臣の西園寺さんが、有名な文士を招じて、一夕の雅宴を開くといふ例の雨声会の招待が夏目のところにも参りました。こんなことは面倒臭い方の夏目は、すぐ端書にお断りの句を書きました。それは、　時鳥厠なかばに出かねたり　といふのですが、丁度それを書いてゐるところに、私の妹婿の鈴木が参りまして、それを見て、相手は西園寺侯ではあり、端書とはあんまりひどいぢやないかとか何とか言つて居りましたが、本人一向平気なもので、ナーニこれで用が足りるんだから沢山だよとか何とか申して、それを投函して了ひました』夏目鏡子「漱石の思ひ出」

l『先達御梅さんの手紙に博士になつて早く御帰りなさいとあつた博士になるとはだれが申した博士なんかは馬鹿々々敷博士なんかを難有る様ではだめだ御前はおれの女房だから其位な見識は持つて居らなくてはいけないよ』一九〇一年　ロンドンより鏡子夫人宛手紙

『中川君抔がきて先生は今に博士になるさうですなかと云はれるとうんざりたるいやな気持になります。先達て僕は博士にはならないと呉れもしな〔い〕うちから中川君に断つて置きました。さうぢやありませんか何も博士になる為に生れて来やしまいし』一九〇五年　鈴木三重吉宛手紙

m『先達晩翠が年始状をよこしてまだ教授にならんかと云ふから「人間も教授や博士を名誉と思ふ様では駄目だね。失楽園の訳者土井晩翠ともあるべきものがそんな事を真面目に云ふのはよくない。漱石は乞食になつても漱石だ……」と云ふ様な事をかいてやりました』一九〇六年　森田米松宛手紙

『看護婦が小説を読んでゐる。奇麗な表紙だから何だと聞いたら笑つてゐる。見ると虞美人草であつた。六づかしいから止せと注告した』一九一〇年「日記」

『私に自信のある作物を御きゝになつても何うも困ります是は謙遜でも何でもありませんがさう是非読んでいたゞきたいものもないのです夫から過去の作物はいづれもいやな気がするものですから自分で人にすゝめる気になれないのです』一九一四年　四方田美男宛手紙

n『鏡花君の「銀短冊」は草雙紙時代の思想と明治時代の思想とを継ぎはぎしたやうだ。（略）然し確かに天才だ。一句々々の妙はいふべからざるものがある。（略）若しこの人が解脱したなら、恐らく天下一品だらう』一九〇五年「批評家の立場」

第四章「教育をしに学校へ参らず月給をとりに参り候」

「おい、嘉比。弁当買ってきたぞ」

ある夕刻、カイナシがわびしく晩飯の米をとごうとし始めた時、友人が大きなビニール袋をさげてやってきた。

「何だ、コンビニ弁当かい」

袋を見たカイナシ、さもくだらなそうに言う。

「今じゃコンビニが一番すごいんだぞ。ただの弁当じゃない。コシヒカリだ」

いまさら、朋あり遠方より——でもあるまいが、さる小さな出版社に勤めている開尾為也である。アケオタメヤというのだが、残業勤務が多いせいか始終欠伸をする。友人の間ではアクビスルナリと呼ばれているとか。

このアクビ、月に一度はカイナシを訪ねてくる。別に特別な用がある訳ではない。ただ、二人してボンヤリ安い酒を酌み交わし、四方山話をするだけだ。人様というものは妙な動物だとつくづく思う。役に立つようなことは一言も喋らない。どうでもいい話ばかりである。そこへいくと僕らの喋りは必要語のみだ。不審な奴だ！　とか、腹が減った！　とか、嫌だからあっちへ行け！　とか、そういう不可欠時以外は余計なことは絶対に喋らない。我が犬属の鉄則である。

そもそもテレビがそうだ。誠にもってどうでもいい話ばかりである。意味のないことをクダクダクダクダ。喋る方はまあしかたあるまい。食わんがために一所懸命喋っているのだから。情けないのはあのクダクダ喋りを聞いている奴。人間は万物の霊長、なんてよく言うね。我々から見れば、万物から冷嘲されるのが人様なのだ。そう言えば、アクビの企画で発行した『恐ろしき低劣卑時代《テレビ》』という本、かなりのヒットを見たそうだ。このアクビ、カイナシとの無駄話からあれこれ出版企画のネタを探しているように思える。例えば三カ月ほど前に出した『実録・上手く上司を騙す法』なんて、明らかにカイナシとの話が元になっているはずだ。

コンビニ袋には二つの大きな弁当とカツサンドが一個。それにオカキ、スルメ、ピーナッツに発泡酒のデカイ缶が四本。カツサンドは僕用。で、僕は早速カツだけを食い始めた。まあまあの味だ。二人も古びたソファにもたれてやりだした。

「今やコンビニだけにしか人は寄らない。デパートも大きな所が潰れるし、スーパーもあちこちくたばっている」

海老フライにかじりつきながらアクビが言う。

「食料品はともかく、どんな家財道具も既に全ての家に揃っているんだ。それを捨てて新しいものに買い換えるような時代じゃないよ。テレビだってワイドとかフラットとか液晶とか、やっきになって売り出しているが、お前のテレビみたいに二十年前のものでも十分見れるんだ」

そう言って部屋の古いテレビを眺めたが、

「それにしても、よくこんなもので見てるな」

と、感心する。ワイドってどんなのだろう。フラットとか液晶って何だろう?

「俺は腹が立ってるんだ」

突然、カイナシが怒る。

「何故って、KHNを見ろ。画面の上下を黒い枠で挟んで放送してるじゃないか。ワイドか何とかビジョンか知らんが、いいかげんにしろ。こっちはキチンと受信料払ってるんだ。それなのに画面の四分の一は真っ黒。それだったらハッキリ言わせて貰おう。受信料四分の一は返せ！」

「そりゃあ、お前が悪いんだよ。時の花をカザシにせよ、と言うじゃないか。時勢に遅れて偉そうなことは言えんよ」

「そりゃそうかも知らんが、そもそも受信料なんてのがインチキだよ。CM流していないから受信料払えと言うんだろう。嘘付くなよ。チャントKHNだってCM流しているじゃないか。番組予告CMさ。しかし、それはまあ許すとしよう。許せないのはBS番組の予告だよ。『お前はまだ古い番組を見ているのか。早くBS番組を見ろ』。こう言ってるんだろう？　完璧なCMじゃないか！」

「なるほど、このテレビじゃ見れないよな。だがな、文句を言うのなら新しいのを買ってからにすべきだな。一文惜しみの百知らず、って言われるぜ」

「百であろうが千であろうが知りたくないね。俺はこれで十分さ」

「百聞は一見に如かず。一度ワイドかフラットを見てみろよ」

「見るは目の毒って文句も知らんのかね。しかしだな、ひと昔前までは消費礼賛だった。だけど今じゃ消費という考え方そのものが時代遅れなんだ」

そう言ってカイナシ、側にあったチラシを裏向けて「省」という字を記した。

「消費者は去って省費者時代来る、だよ。あらゆる費用を省く。これこそまさに時の花のカザシなんだよ」

発泡酒を傾けながらアクビ、

「この発泡酒もそうだな。なるほど省費か。それにしてもこの省費ビール、旨いね」

僕も一口その旨さを味わいたいものだ。アクビの足元を軽く噛んでやった。

「おや、ロボ君。これが欲しいのかい。ロボ君の好きなあの吾輩とかいう猫君、ビールを飲んで死んじまったが、この省費ビールならまあいいだろう」

そう言ってお皿にチョビチョビ注いでくれた。アクビから吾輩猫が出たのには驚いたが、僕はあの猫、そう好きじゃないぜ、と反論したかったけれど、注がれた発泡酒を飲む方が先だと一口なめてみた。うん、これは結構いけるじゃないか。

「フン、ロボ太まで消費拡大かい」

とカイナシ、僕を蔑視。そんな目付きをすると今に酔っぱらって噛みつくぞ。

「しかしだ、消える方の消費だがね、一つ大きな消費拡大策があるのを知ってるかい？」

そう言ってカイナシも発泡酒をグイッと一口。

「そりゃあるさ。戦争だよ」

アクビ、そんなことわかりきったことだ、というように平然と答える。

「その通り、戦争だよ。アメリカがいつまでも繁栄するのはそのせいだな。戦争ほどすごい消費拡大はない。消費拡大すれば景気は上がる。わざわざ経済学者の説明を聞かなくたってそんなこと自明の理だ。ところが日本はその最大の消費拡大策を憲法で禁止している。だからいつまで待っても不況からは脱出出来ないんだ」

負けずにアクビもやりながら、

「まあ、いずれ日本は滅びるさ。いや、日本だけじゃない。世界がそのうちに滅びるだろうよ。だって、人間て奴は時代とともに残酷さを増すように作られた生き物なんだ。そのように神様が最初から作っている」

「神様がねえ。そうかねえ？」

と、カイナシ、スルメをムシャムシャ。アクビも同じくスルメをかじりながら、

「そうさ。昔の戦争は兵士が一人ずつ刀を抜いて切り合いをしたものだ。殺すべき相手は当然敵の兵士のみだった。それがいつしか鉄砲になり爆弾に代わり、そしてミサイルになった。今の戦争は敵の兵隊を殺すのではない。戦などは兵隊に任せて平和に家を守っている一般市民、これを無惨にも殺戮していく。これが現代の戦争だ。昔の人は現代人のような残酷人間じゃなかった。その残虐現代人、今後ますますその残虐さを増していくように定められている。だか

ら世界は滅びる。早く滅びないかと、次なる地球制圧者、アゴカ族が待ちわびているよ」

「何だい？　そのアゴカ族って」

　と、カイナシが問う。

「アリとゴキブリとカラスだよ。この三者がいずれまたそれぞれの制圧権を競って争う。こういうように神様は仕組んであるのさ」

「勝手にアゴカ戦争やりゃいいよ。しかしね、人類は世界平和を願っているからな」

　おやおや、あの短気カイナシ、いつの間にやら平和主義者？　まさに豹変だな。しかし、どうやらアクビの方は平和は嫌いらしい。

「世界平和？　まるでアメリカ合衆国みたいなことを言うね。あの国は世界の平和のために次々と敵を殺していくことを主義としている国だからな。それがお前の言う世界平和なんだよ。殺人者笑顔で平和を願いけり——」

　フーン。アクビも川柳か。まあ、わかりやすい所がいいかな。

「しかしね、人類には愛ってものがあるからな」

「愛？　よく言うよ。お前は呑気な独り者だから知らんだろうが、愛で結ばれた世界中の夫婦、いつでもどこでも喧嘩だらけなんだぜ。俺たち夫婦なんか毎朝毎晩だよ。日に何組もの離婚があるじゃないか。離婚せぬ奴は、好きな女へ乗り換えるために嫁さんを殺す。若いツバメを囲い込むために旦那の生命保険を狙う。これが愛の姿なんだ。愛には平和なんてないよ。家庭の平和も出来ないくせに、どうして世界の平和があり得るかね」

アクビさん、発泡酒がかなり効いてきたのかな。

「アイは別れの始めとか、なんてね。しかし、そうするとだな、愛し合ってたはずの開尾夫婦もいまや危機って訳だな」

「危機なんかないよ。俺んとこは喧嘩愛で持ってるんだ。もし喧嘩もせず毎日毎日黙って見つめ合ってみろ、そうなりゃすぐお別れだ。生涯夫婦喧嘩。だから生涯夫婦愛なんだ」

「愛も喧嘩もよくわからんね。わかりたいとも思わんがね。お前ら夫婦はそれでいいとしても、娘さんはお前らの喧嘩愛のこと、わかってるのかね」

「わかろうとわかるまいと娘なんて糞くらえだ。大事に育てても、あたし、好きな人の所へ行くわ、と言いやがる。アメリカだよ。ニューヨーク駐在なんだと、その男」

「ニューヨークと言えばあのテロが――」

「いや、あの当時はまだこちらにいたそうだ。あの後、急に転勤になったらしい」

「しかし、あのテロ映像はすごかったな。月面着陸よりもすごい映像だった」

テロじゃなくて映像がすごいんだと。まるでＳＦＸ映画でも見ているつもりか！

「うん、確かにすごい事件だった。空爆を一度も体験していないアメリカ人にとってはものすごい打撃だったろう」

「空爆を体験してないって？　真珠湾があるじゃないか」

と、ピーナツを口へ放り込みながらカイナシが反論。

「あれは一般市街じゃない。当時はまだ州にもなっていなかった太平洋の小さな島の軍事基地だよ。真珠湾で空爆を受けたのは軍隊だけだ。アメリカ本土の市街はまだ一度も空爆されていないよ。まあ、あのテロが初の空爆と言っていいだろう。しかるにだ、アメリカは全世界に空爆をして回っている。今度のテロでも一瞬後にはアフガン空爆だ」

「そう言やそうかな。いやね、実はいつも不思議に思っているんだが、アメリカといえばキリスト教の国だろう。右の頬殴られたら、左の頬を出せという。左右逆だったかな？　そのキリスト教の国がどうしていつも相手の頬をぶん殴るんだね？」

「お前は聞き違えたんだよ。殴った相手が同じキリスト教徒だったら、逆の頬を出すんだ。しかし、殴った奴が異教徒だったらすぐ殺してしまえ。これがキリストの教えなのさ」

アクビ、キリスト教徒が聞いたら殺されてしまうような危険なことを言って、またもグイッと傾ける。

「だって、そうだろう。五十何年か前、日本は一瞬に何十万もの人が殺されたんだぜ。それも兵隊が殺されたんじゃない。赤ちゃんを抱えてけなげにも留守を守る奥さん、出征した許嫁の帰りを待つお嬢さん、杖をついていつまでも達者なお婆さんにお爺さん、そして明日の夢を見ているいたいけな子供たちや赤ちゃん。そんな人たちが一瞬に何十万も殺されたんだ。それも二カ所で。一体誰が殺したんだ？　キリスト教徒じゃないか」

「しかしね――」

「シカシもヘチマもあるもんか。ランスロットだったかアイヴァンホーだったか、あの十字軍の遠征を見ればわかる。俺は中学の時に正義の味方・十字軍と教えられた。教えた先生、きっとキリスト教徒だったんだろう。だってそうだろう。十字軍の正義とやらは単にキリスト教の正義に過ぎないじゃないか。十字軍にバッタバッタと殺されたイスラム教徒の正義は一体どうなるんだ」

　十字軍？　何だろう。後で調べなきゃ。

「だけど、あの第二次大戦はドイツもイタリアもやってたんだぜ」

「ダケドもクソもあるもんか。ドイツもイタリアもあの戦争で原爆を落とされたかね？　その二つの国はやはりキリスト教国だよ。だからアメリカは頬を出すかも知れんが、絶対に原爆は落とさない。ところが日本は異教国だ。頬なんか出すものか。けなげであろうが可愛いかろうが達者だろうが、異教徒はみんな殺してしまえ。我々は二十世紀の十字軍だ。これがアメリカという国なんだ。どこか間違っているかい？」

「原爆開発前にドイツもイタリアも降伏したから――」

「もう一つ決定的な原因がある。奴等キリスト教国はみんな白人だ。白人は生まれつき有色人が嫌いなんだ。神様がそう作ってある。アメリカのやり方を見ればよくわかる。イエロー・ジャップは原爆でやっつけた。次はどこだ？　朝鮮だよ。朝鮮戦争の後はベトナムだ。キューバも憎い。続いて湾岸戦争。そして今度はアフガンだ。一時ソ連と対決していたが、絶対戦争には至らなかった。ソ連、いや、ロシアは一応白人国だからさ。アメリカが戦争して殺し回るのはすべて異教徒の有色人国。違うかい？」

「違いはしないが――」

どうもカイナシ、全くのタジタジじゃないか。情けないな。

「キプリングって知ってるよな」

突然アクビが妙な名前を言う。

「何だい、急に。『ジャングル・ブック』だろう？」

「彼は偉いね。さすが長い間インドで暮らしただけの英知がある。『彼等』という短編があるんだが、その中でこう言っている。『キリスト教国民の残虐非道さ。それに較べたら黒人は異教を奉じているけれど、遥かに清廉で節度がある』とね」

待てよ、キリスト教？　確か「耶蘇」ではなかったかな。イエスのことをラテン語でヤソというのだと読んだことがある。漱石先生も耶蘇のことを書いていたはずだ。僕は本棚へ走って心当たりを何冊か引き出して調べた。ある、ある。これだ。急いでアクビのところへ持っていった。

「どうした、ロボ君。飲み足りないのか?」

そう言って発泡酒の缶を振ったが、

「おや、漱石全集? またロボ君の癖が出たな。どれどれ」

アクビは、僕がページを開いて差し出した『断片』の一節を大声で読み上げた。

「『人間ハ朝カラ晩迄仮面ヲ被ツテ居ル』。これだな、エート、ウーン。さすが漱石狂いのロボ君だ。『飯ヲ食フ時丈ハ仮面ヲトル。敢テトリタイカラデハナイ。トラネバ飯ガ食ヘンカラデアル』」

僕は違うと首を振った。

「おや、違うのか。これか? 『仮面ノ上ニ御白粉ヲツケルノガ居ル。イクラツケテモ本当ノ顔ハキタナカツタサウダ』。漱石もずいぶんひどいことを言うね」

またも首を振る。

「あっ、これか。『耶蘇ノ仮面ハ悪魔ノ被ルモノデアル』。漱石もずいぶんいいことを言うね。ロボ君、でかしたぞ。嘉比、お前もロボ君持っていて幸せな男だよ」

　と、アクビが僕の頭を撫でる。サカンとは少し違った撫で方だが何とも心地よい。

「漱石とキプリング、まさに東西大文豪だ。その両大文豪が既に百年前にキリスト教は残虐非道な悪魔だと言っているんだぜ」

「何だか斬り捨て教みたいだな」

　と、カイナシは宙に文字を描いて言った。

「フーン、お前にしちゃ上手いこと言うな。偉いのはロボ君だけだと思っていたが。飼い主は飼い犬に似るのかな?」

　そうなんだよ、アクビさん。だいぶ前から僕はそう思っていたんだよ。誉められたからか、何とかカイナシにも少しは元気が出てきたようだ。

「ロボ太を真似て漱石を出させてもらうとだ、白人の街ロンドンで漱石も黄色い顔を卑下していたな。ふと見ると向こうから黄色いちっぽけな奴が歩いてくる。よく見たら鏡に映った自分だった、と。ものすごく肩身の狭い思いをしたらしいね」

　僕も気分よくなり、皿にたらされた発泡酒を全部なめてしまった。カツはもうない。残ったパンをかじってみたが、どうも口の中がムシャクシャしていけない。スルメ、ピーナツ、オカキ。僕に食べられるものは何もない。アクビがそんな僕の様子を見ていたらしい。弁当の残りの魚のフライを先ほどの皿に投げ入れてくれた。旨い。さすが、コンビニだ。ありがとう、と思ってアクビを見上げたら、でっかい欠伸を一つ。眠いのじゃない。これはアクビの話術法で話題転換という手なのだ。

「ロボ君の持ってきた本に『自分ニモ人ニモ愚ニ見エル仮面ガアル。教師ノ仮面デアル』というのがあるが、どうだい、お前の愚か仮面は」

アクビはオカキをポリポリと、別にどうでもいいんだがという調子で聞く。

「うん、駄目だね」

「駄目って、何が?」

「生徒だよ。生徒の質がきわめて低い」

「偉そうなこと言うな。お前だって質のいい学生ではなかったじゃないか」

詳しく話さないのでよく知らないのだが、カイナシ、あまりパッとしない大学を卒業しているはず。アクビはその同窓生だ。

「質の悪い学校に質のいい生徒じゃ具合が悪いだろう。俺はただ学校のレベルに合わせただけだ。もっとも、大学なんて元来ロクなところじゃないがね。専門学校の今年の入学式の挨拶で言ってやったよ。諸君、大学は大楽《だいがく》なり。然れども当校は千悶《せんもん》学校なり、とね」

「何だい? それ」

「大学は大いに楽しむ所、専門学校は千ほど悶え苦しむ所。漱石も『大学は月給とりをこしらへて夫で威張つてゐる所』と言っている。小学校はいい中学へ入るための学校だ。中学はいい高校へ、高校はいい大学へ、大学はいい会社へ入るためのものに過ぎん。だから、大学なんかへ行く奴にロクなのはおらんのさ」

大学を出てもロクなものにならなかった奴の台詞としか思えんね。

「そこへいくと専門学校は素晴らしい。いや、素晴らしいはずだった。が、現実は厳しいね。今じゃ、俺の学校でも少しは悶え苦しんで勉強するのは女の子だけだよ」

「男は駄目かね？」

「全く駄目だね。国際マラソンを見ればわかるだろう。日本の男子選手が国際マラソンで優勝するなんて奇跡は、まず今後五十年間、絶対に起こらんね」

「どうして男は駄目なんだろう」

「まあ、時代だね。この間、ロボ太が言ってたが、二十一世紀は女の時代になるそうだよ。女流文学者がお札に登場するんだから。女市長や女知事、女大臣はとっくにいるが、間もなく女首相の時代になるよ。今にプロ野球監督も女になる。アゴで使われてハンサム選手が必死に頑張るのさ」

そう言ってカイナシはやおらパイプを取り出した。生来一度も煙草を吸ったことのないアクビ、煙には全く無頓着らしい。

「実はね、まだ誰にも喋ったことないのだが、ある真理を発見したんだ」

と、カイナシ、思わせぶりにプカリと煙の輪を描く。

「何だい。大袈裟な」

「いや、他でもない、男性劣化の要因さ」

「女が強すぎるからかい？　それは今に始まったことじゃないぜ。天照大神や卑弥呼の時代から日本は女が強いのさ」

「それもあるが、もっと深刻な事実だよ。家屋構造。これが男子劣化の原因なのさ」

「家屋がね。この家が原因かい」

「いや、この家は大丈夫。俺を見ればわかるだろう。この家で育った男は絶対に劣化なんかしない。何故なら、この古い家には男便器がある。例のアサガオだ。オヤジが四十年前に建てた家だ。当然男はアサガオで力いっぱい小便をやる。ところがどうだい、いま建っている日本家屋のほぼ百パーセントにはアサガオはないんだよ。お前の家だってそうだろう？　現代日本男子はすべて女便器でやるしかないんだ。小さい頃から女便器でチビチビやらにゃならん。チョットでもこぼしたら母親に叱られる。もう、小さくなってチビチビチビチビ。こうやって育って強くなれる訳がない。お前とこは女の子だからいいのさ。男はチビチビだが女は違う。バッと股を開いて遠慮なくジャージャージャー。強くなるのは当然じゃないか」

「これがお前の発見真理かい。全くくだらない。なあロボ君」

そうだよ。僕ら男犬は片足上げればすぐ出来るんだから。そこへいくと女犬はしゃがみ込まねばならん。人様と違って我等は男犬の方が断然有利だよ。

「クダランもクダルもない。文部大臣に、いや——ナニガシ大臣に進言してやる。日本を活力ある雄々しい国にしたいのなら、全家屋にアサガオを設置せよ、とね」

「早くやれよ。早く進言しないと今に女の大臣ばかりになってしまうぜ。アサガオなんかいらないわヨ、なんてね。『朝顔に釣瓶とられて貰ひ水』だよ」

上手いな。誰の句だろう。カイナシがしきりに漱石先生の俳句と言うものだから、この間改めて読んでみたら『朝貌や惚れた女も二三日』というのがあったけれど。

「まあ、それはいいが、これにチョット目を通してくれないか」

と、カイナシが何枚かのワープロ文を渡した。

「庶務の方で、卒業生に贈る言葉というパンフレットを編集しているんだ。それに各講師二ページずつ割り当てられている。激励文を書いたって卒業生は読まないからな、俺はこれでやってやろうと思ってね。『色々語るイロハかるた』。どうだい、いいだろう」

「別にそういいとは思わんが」

そう言ってアクビは読み始めた。僕も覗こうとするのだが見えない。いい具合にアクビ、声をあげて読んでくれた。
「どれどれ。『(イ) いつまでも捨ててはならぬ初心、(ロ) ろくすっぽ聞きもしないで頷くな、(ハ) ハッキリと言えよ答えよ何事も、(ニ) 逃げたいが逃げちゃならぬは無理難題』。偉そうなこと言うね」

しかし、その後はとぎれとぎれにしか声を出さない。いつかはカイナシにせがんで見せてもらうつもりだが、とりあえずはアクビの声が聞こえた分だけを記しておこう。

(リ) 理屈にはいつも付くんだ屁の臭い (ヌ) ぬけぬけと時には言うべき嘘っぱち (ル) ルーキーで甘えられるは三カ月 (ソ) それぞれに人さまざまよ人の世は (ネ) 念願をいつかは果たす夢に生き (ウ) 牛のろく歩めど頭にゃ角がある (コ) これからだ、これからなんだよ我が道は (サ) さあ、やるぞ思え毎朝意地にでも (シ) 幸せと不幸せとの差は気分だけ (モ) もったいない、人生わずか時惜しめ (セ) 折角に生まれたからにはいい日々を (ス) スッキリと往生すべしいつの日か

「何だい、これ。強気なものばかりじゃないか。お前自身こう生きてたら、今頃もう少しは偉くなれてたろうに」

「教師なんてのは親と同じだよ。自分に出来なかったことを子に期待する、あれだな」

「そんな先生に教えてもらう生徒は気の毒だね」

「漱石だって言ってる。『アンナ講義ヲツヾケルノハ生徒ニ気ノ毒ダ』とか『学校へ出て駄弁を弄し居候』とか。要するに『勝手好加減主義にてやり居候』という訳だよ」

「やはり漱石の講義、面白くなかったのかな?」

「駄目だったんだろう。『文学論』の序に『講義の当時は余が予期せる程の刺激を学生諸子に与へざりしに似たり』とあるからな。『猫』にもあるよ。『学者はわかつた事をわからぬ様に講釈する。大学の講義でもわからん事を喋舌る人は評判がよくつてわかる事を説明する者は人望がない』と」

「お前は誰でも知っていることを、さも偉そうに喋るくらいしか出来んのだろう。実にクダランのさ。他人にはわからんことを喋らなくちゃ」

そう言えば、ストーカーまがいの漫画生徒とか、この間のサカンとか、カイナシの講義を聞いていたらデザイナーになる気がしなくなったと言っている。いったいこのカイナシ、どんな講義をしているのか。生徒君たちのことを思うと心細くなるよ。

「別段、俺は生徒の受けをよくしようなんてことは思わんさ。俺のわかりやすい講義を聞きたくなければ聞かなきゃいいのさ」

よく言うよ。聞かないって怒鳴りつけて生徒に殴り返されたのをもう忘れている。アクビはそんなこと知らないものだから、

「それじゃ、何故教師なんかやってるんだ」

「決まってるじゃないか。金を稼ぐためだよ。漱石はハッキリ断言している。『小[e]生は教育をしに学校へ参らず月給をとりに参り候』とね」

「そりゃ漱石は学校でたくさんの給料貰っていただろうが、お前なんか」

「『余[f]は教育者に適せず、教育家の資格を有せざればなり、其不適当なる男が、糊口の口を求めて、一番得易きものは、教師の位地なり』。知ってるかい。これ『坊っちゃん』の松山時代に書いたものだよ。こんなこと書いたものだから松山を放り出されたんだ。熊本へ逃げていったが、そこでも同じようなことを書いている」

「お前は今の学校追い出されたら逃げる所はないものな。せいぜい頑張らにゃ」

「漱石はその後、ロンドンまで逃げていった。ところがロンドンでも同僚の留学生に気違い扱いされて日本へ送り返される。『帰るや否や私は衣食の為に奔走する義務が早速起りました。私は高等学校へも出ました。大学へも出ました。後では金が足りないので私立学校も一軒稼ぎました』。『私の個人主義』という講演で堂々と述べている。世の中全て金なのさ。金のために学校へ行く、これが漱石先生の個人主義なんだ」

「そりゃそれでいいのさ。お前にはそんな個人主義もなかろう」

「あるよ。モノグサだよ。漱石の名句を紹介しよう」

また出た。俳句は嫌味だとか何とか言って。

『楽寝昼寝われは物草太郎なり』

「その物草先生、ついには教師稼業まで追い出される訳かね」

と、アクビは空に近いピーナツの袋をさかさまにして叩きながら言う。

「いや、そうじゃない。自分で逃げ出したんだ。だんだん恐ろしくなってきたのさ。手紙に『とにかく二代目小泉にもなれそうもない』と書いているんだ」

「小泉って、あの八雲のことかい？」

「そうだよ。ラフカディオ・ハーンだよ。彼は漱石がロンドンから帰るまで東京帝国大学の英文学講師をやっていた。が、辞めてしまったのでその後釜に漱石が任命されたのさ。おい、ロボ太、鏡子夫人持ってきてくれ」

自分で行けばいいものを、立っている者は親でも使えって言うけれど、僕は寝そべっているんだぜ！

「ありがとう、ロボ太」

いやいやくわえてきた僕の頭を撫でようとするからあわてて逃げた。カイナシのあの手がいやらしいのだ。

「ここにこうある。『小泉先生は英文学の泰斗でもあり、又文豪として世界に響いたえらい方であるのに、自分のやうな駆け出しの書生上りのものが、その後釜に据わつたところで、到底立派な講義が出来るわけのものでもない』」

「明治の文豪が、またえらく卑下したものだな」

「当時はまだ無名だよ。これまではハーンという高名な先生の講義を聞いていた生徒、いきなり金之助とかいうアバタ面の小男の講義を聞かされるはめになってしまった。ガッカリして聞く耳を持たなくなってしまったのもいわば当然だ」

ノッペリ面のくせに偉そうに他人様をアバタ面だと。それにしても、アバタ？　我ら犬属にはそんな妙な面はないぜ。アクビも同じ疑問を持ったようだ。

「漱石、アバタかね？」

そう言ってポケットからお札を出してつくづく見つめた。

「嘘つけ。きれいな顔だぜ」

「それは政府のお偉方が修正したんだ。本人は相当気にしていたんだよ。若い頃、正岡子規への手紙の署名に『平凸凹』と記している。タイラノデコボコ。ロンドンでの日記にも『帰リニbus ニ乗ツタラ「アバタ」ノアル人ガ三人乗ツテ居タ』とあるからな」

「で、凸凹先生、怪談先生にはかなわないと諦めなさった訳だね。凸凹はカイダンみたいに昇れない――か」

「それと同時に、憂さ晴らしに教師稼業の愚痴話を書きなぐったら、何と当たってしまった。『僕は今大学の講義を作つて居る。いやでたまらない。学校を辞職したくなつた。学校の講義より猫でもかいて居る方がいゝ』ということだよ」

「お前も何か書いてみな。例えば――」

そう言って僕を見つめ、

「『吾輩は猫ではない』とか。但し、俺の社ではその出版引き受けないがね」

「そりゃ駄目だよ。『猫』が当たったものだから似たようなのがいくらも出た。『吾輩も猫である』とか『吾輩は鼠である』なんてね。もっとも、このロボ太、何か書いているらしいよ。『俺は犬なり』とか何とか。なあ、ロボ太?」

フン、お前さんには見せないよ、だ。

「何、ロボ君が小説を? こりゃあ一大事だよ。天下の一大事だ。おい、ロボ君、早く書けよ。書いたらうちで出すからさ。ヒット間違いなしだよ」

僕はワープロに打ってやった。

『一大事も糸瓜も糞もあらばこそ』

「おいおい、何だね、これは」

アクビが驚いたのでカイナシ、画面を覗き込み、

「漱石名句の一つさ。ロボ太もイヤな奴だな。他人の句を無断引用するなんて」

何たる言いぐさだ。エエイッ、クソ。もう一つワープロ打ってやる。

「吾輩は犬ながら時々考へる事がある。教師といふものは実に楽なものだ。人間と生れたら教師となるに限る。こんなに寝て居て勤まるものなら犬にでも出来ぬ事はないと」

「おいおいおいおいおい、偉いことになっちまったな」

アクビ、びっくり仰天。カイナシ、フンと蔑む。

「たいしたものじゃない。『猫』の一節だよ。猫の文字を犬に置き換えただけのものさ」

「それにしても、ロボ君も教師くらいなら出来るんだそうな」

「出来る訳ないよ。ワンワンキャンキャンしか喋れないんだから」

誠にもって一番痛いところを突くんだから、この飼い主め。再度フィンガー・スティックをくわえる。

「吾輩も教師にゃならぬ秋の風――」

「ロボ太、お前、ビールに酔ったんだな。漱石の名句は『吾猫も虎にやならん秋の風』だ。当てつけもいいかげんにしろ」

ビールなんか飲んじゃいないぜ。発泡酒だよ。知らんのか、コノヤロー。

「ロボ君にキャンキャン当たって、お前こそ駄犬みたいだぞ」

いいこと言うね、アクビ様。

「そう言やそうだな。兄弟喧嘩は鴨の味ってやつさ。なあ、ロボ太」

フン、鴨なんて食ったことないから味など知るもんか、と睨んでやったがカイナシ、知らん顔して前の話に戻った。

「そんな訳で『やめたきは教師、やりたきは創作』とか、大学と高校でそれぞれ一人前の仕事をやり、同時に作家として一人前のことをやろうとしたら『三百六十五日を一万日位に御天と様に掛合つて引きのばして貰はなくつちや追ひつかない』と嘆いているよ」

それを聞いたアクビ、思い切って大欠伸。

「どうも漱石という凸凹先生、デコかと思えばボコになったり、ハッキリしない人のようだな。好きなら好き、嫌いなら嫌いでさっさと辞めりゃいいのさ」

「なるほど、そういうところもあるな。鷗外なんて合わない嫁さんはすぐに換えちまったが、漱石先生、嫌な嫁さんと一生別れられなかったからな」

「漱石ほどの人だ、いくらでも嫁さんの代わりも生きる道もあっただろう。お前なんか、まるで一人の嫁さんも生きる道もないのに、嫌だからと言ってすぐ辞めちまうじゃないか。だいた

い お前はだな――」

「俺は関係ないだろう。漱石の話だぜ。江戸の敵を長崎でじゃあるまいし」

「そうだよ。江戸だよ。漱石と言えば江戸っ子だ。ところがこの凸凹江戸っ子、宵越しの銭ばかり使ってるようだな。長崎と言や肥前のお侍が言ってるぜ。『人間一生誠にわずかの事なり、好いた事して暮らすべきなり、夢の間の世の中に好かぬ事ばかりして苦を見て暮らすは愚なる事なり』とね。山本常朝だよ」

おや、あの兼好とかいう坊主をくさしたお侍さんだ。偉いんだな。好いたことをしろ、か。そう言えばそろそろうたた寝がしたくなってきた。安い偽ビールのせいだろう。二人もいつしかくだらん話に移っている。プロ野球イタガースもどうせいつも負けるんだから、いっそのこと映画の田山次洋監督を起用してみたらよかろうとか、球団名はフーテン・イタガースにすべきだとか、寅さんがいなくなった今じゃもはや駄目だろうとか。そんな二人を放っておいて僕は漱石全集に向かった。いまさら読むのじゃない。うたた寝の際、アゴを支えるのにピッタリなのだ。そこで一句。

読むでなし好いたうたた寝アゴ全集――。

a『人間ハ朝カラ晩迄仮面ヲ被ツテ居ル。只飯ヲ食フ時丈ハ仮面ヲトル。敢テトリタイカラデハナイ。トラネバ飯ガ食ヘンカラデアル。飯ヲ食フコトハ仮面ヨリモ大切デアル』

『自分ニモ人ニモ愚ニ見エル仮面ガアル。教師ノ仮面デアル』

『仮面ノ上ニ御白粉ヲツケルノガ居ル。イクラツケテモ本当ノ顔ハキタナカツタサウダ』

『エラサウデ詰ラナイ仮面ガアル。学士ノ仮面デアル』

『恋ハ剝ゲ易イ仮面デアル』

『忠君愛国ハ都合ノイヽ仮面デアル』

『耶蘇ノ仮面ハ悪魔ノ被ルモノデアル。英国人ハコレデアル』

『博士ノ仮面ハ死ヌト消えテナクナルサウダ』一九〇六年『断片』


b『日本に居る内はかく迄黄色とは思はざりしが当地にきて見ると自ら己れの黄色なるに愛想をつかし申候其上背が低く見られた物には無之非常に肩身が狭く候向ふから妙な奴が来たと思ふと自分の影が大きな鏡に写つて居つたり抔する事毎々有之候』一九〇一年 ロンドンより鏡子夫人宛手紙

c『大学生の意気妙に衰へて俗に赴く様見うけられ候。大学は月給とりをこしらへて夫で威張つてゐる所の様に感ぜられ候。月給は必要に候へども月給以外に何にもなきものどもごろ〳〵して毎年赤門を出で来るは教授連の名誉不過之と存候』一九〇七年 野上豊一郎宛手紙

d『小生は高等学校と大学とかけもちにて両方とも碌な事は致せもせず致さうともせず勝手好加減主義にてやり居候』一九〇三年 奥太一郎宛手紙

『大学ノ講義モ大得意ダガワカラナイソウダ、アンナ講義ヲツヾケルノハ生徒ニ気ノ毒ダ、トイツテ生徒ニ得ノ行ク様ナコトハ教エルノガイヤダ』一九〇三年 菅虎雄宛手紙

『小生は存外閑暇にて学校へ出て駄弁を弄し居候大学の講義わからぬ由にて大分不評判』一九〇三年 菅虎雄宛手紙

e『人は大学の講師をうらやましく思ひ候由金と引きかへならいつでも譲りたくと存候（略）小生は教育をしに学校へ参らず月給をとりに参り候』一九〇五年 奥太一郎宛手紙

f『余は教育者に適せず、教育家の資格を有せざればなり、其不適当なる男が、糊口の口を求めて、一番得易きものは、教師の位地なり、是現今の日本に、真の教育家なきを示すと同時に、現今の書生は、似非教育家でも御茶を濁して教授し得ると云ふ、悲しむべき事実を示すものなり』一八九五年「愚見数則」

『天下恥づべき事多し。道を得ずして道を得たるが如くす。尤も恥づべし。道を得て熟せず。妄りに之を人に授く。次に恥づべし。我既に恥づべきもの、一を犯す。糊口の途に窮して恒心を失ふに因ると雖豈甘んじて其二を犯し強て人の子を賊すべけんや』一八九八年「不言之言」

g『文科大学の講師といふことになつて、小泉八雲先生の丁度後に入ることになりました。どうしてさういふことになつたのか、其間の消息は私にはわかりませんが、当人甚だ不服でして、狩野さんや大塚さんに抗議を持ち込んで居たやうです。夏目の申しますのには、小泉先生は英文学の泰斗でもあり、又文豪として世界に響いたえらい方であるのに、自分のやうな駆け出しの書生上りのものが、その後釜に据わつたところで、到底立派な講義が出来るわけのものでもない。又学生が満足してくれる道理もない。尤も大学の講師になつて、英文学を講ずるといふことが前からわかつてゐたのなら、その積りで英国で

勉強もし準備もして来るであらうのに、自分が研究して来たのはまるで違つたことだなどとぐづついてゐたやうですが、結局狩野さんあたりからまあ〳〵となだめられて落ちつきました』夏目鏡子「漱石の思ひ出」

h『元来学校三軒懸持ちの、多数の来客接待の、自由に修学の、文学的述作の、と色々やるにはちと無理の至かと被考候。小生は生涯のうちに自分で満足の出来る作品が二三篇でも出来ればあとはどうでもよいと云ふ寡欲な男に候処。それをやるには牛肉も食はなければならず玉子も飲まなければならずと云ふ始末からして遂々心にもなき商買に本性を忘れるといふ顚末に立ち至り候。何とも残念の至に候。（とは滑稽ですかね）とにかくやめたきは教師、やりたきは創作。創作さへ出来れば夫丈で天に対しても人に対しても義理は立つと存候。自分に対しては無論の事に候』一九〇五年　高浜虚子宛手紙

『是で大学で一人前の事をして高等学校で一人前の事をして明治大学で三分の一〔人〕前の事をして文士としても一人前の事を仕様といふ図太い量見だから到底三百六十五日を一万日位に御天と様に掛合つて引きのばして貰はなくつちや追ひつかない話しさ』一九〇五年　中川芳太郎宛手紙

第五章「新聞なんて無暗な嘘を吐くもんだ」

『主人の様に裏表のある人間は日記でも書いて世間に出されない自己の面目を暗室内に発揮する必要があるかも知れないが、我等猫属に至ると行住坐臥、行屎送尿悉く真正の日記であるから、別段そんな面倒な手数をして、己れの真面目を保存するには及ばぬと思ふ。日記をつけるひまがあるなら椽側に寝て居る迄の事さ』

猫君もかなり偉そうなことを言うね。『吾輩は猫である』の一節だが、恐らく日記をつけたくても文字を書けなかったから、やむなく縁側で寝転んでいただけの話だろう。とは言えだ、僕だってワープロがなけりゃ駄目な訳。と言うことは、吾輩猫君当時、まだこんな文明の利器がなかったはずだから、あまり無下に批判するのもよくないかな。

日記は、何となく恥ずかしい気がするので僕は書かない。川柳一句ですませている。高名な作家先生が日記の代わりに毎日俳句を一つ作る、という話を聞いたことがある。なかなかうまい手法だ。がしかし、カイナシの影響を受けたのか、芭蕉、蕪村、一茶、そして漱石先生は別にして、あまり俳句には興がのらない。断然川柳の方がいい。持って回るような手法も技法も何もいらない。パッと思ったことをスッと書けばサッと出来上がる。ちなみに、近来の傑作を紹介してみようか。

◎月☆日　昨日負け今日負け明日負けイタガース
◎月♡日　いつの日か吾が磯のアワビも二枚貝
◎月○日　銀行や破れ果てたる高利貸
◎月△日　セーフ・アウト政府はアウト・ローなりや
◎月▽日　自殺未遂助ける医者よ慈悲もなく
◎月□日　空晴れて雀見上げてシッコして
◎月◇日　今日もまたまずき飯なり野良恋し

どうかね、駄目かな？　駄目なら駄目で今日の分が稼げた訳だ。つまり——、

本月本日　苦心作一人よがりと悪評価

それはさておき、我がカイナシもかなり克明な日記を書いている。毎日ではない。気の向いた日だけ。特に負けイタガースの野球中継のない日、洋画放映のない日などは格好の日記記載日となる。今日も安い飯の種を求めて学校へ出ている。頃はよし、だ。そんなカイナシの日記を無断で引用させて貰おう。いつでも日記ノートはポンと放り出してある。どうせ秘事などある身じゃない。プライバシー云々なんてことは絶対に起こりえない。文体にはかなりの問題があるが、添削なしで原文のまま記す。以下《　》印は僕の挿入文。

※　※　※

●月◆日　某曜日　晴のち曇

本日、女生徒・伊野多和子より就職の相談あり。自身ロクな就職をしていないが故、就職問題大の苦手なりしが、さも言えず。職さがしの秘訣、可能なる限り多数の求人先を廻るべし、と答う。

「結婚相手探しと同一なり。一人の男のみにのぼせたあげくの結婚、まず失敗に終わるべし。幾人もの男と馴れ合い、種々比較対照したる後、まずはこの程度で辛抱かと決めし場合大成功必至なり」

かく言えば、伊野嬢、不潔、と顔をしかめる。よって反論す。

「そもそも世に結婚に至る三なる［アイ形式］あり。まずは女子憧れの形式［恋アイ結婚］。このアイの形、失敗例甚だ多し。次いでやむなく親の薦めにて行う形式［見アイ結婚］。これ多数の成功例を見るべし。最後の形式、世には一向取り沙汰されぬが完璧なるアイの形。即ち、身も心も馴れ合ったる後、他に格別なる解決策見当たらずよんどころなく結婚する形式。これを［馴れアイ結婚］と称す」

話を聞く伊野嬢「結婚もされていないのにヘンなことをおっしゃるのね」とくる。何ぬかす、と再度反論すべく口を開けた際「結婚のことなどどうでもいいの。あたしの関心は就職です」と断言す。以下会話体にて記述。

「就職、結婚は同等なり。単純なるアイに溺れず、収入・親族・容貌・身長・体重・風采・音声の各項目、完全チェックしたる後に決定すべし。かくなるチェック後結婚のみＯＫとなるべし。就職も同様なり」

「先生のチェック・リスト、不完全だわ。一番大切なもの、性格という項目がないじゃないの」

「性格等一向に関与せず。貴女、漱石の『坑夫』を知るや?」

「ソーセキってあの『猫』の。『猫』以外にも何か書いてるんですか?」

「『人間の性格は一時間毎に変つて居る。変るのが当然で、変るうちには矛盾が出て来る筈だから、つまり人間の性格には矛盾が多い』。これ『坑夫』の一節なり」

「あたしの性格には矛盾はないわ。変わるのだって一時間ごとじゃなく、まあ一日ごとね」

「漱石先生続けて曰く、『惚れて一所になつて、愛想が尽きて夫婦別れをする迄の事だから、悉く臨機応変の沙汰である』。つまるところ性格イコール千変万化。就職並びに結婚にて性格等一切考慮不要。必要なるは前記チェック・リストのみ」

「でも、面倒だわ。こんなリスト」

「如何に面倒なりとも不可欠事なり。漱石先生自身新聞社入社の際、誠にくどく、実にしつこくチェックしたり。まさに石橋なるもの幾度も何度も叩きつつ渡るものなり」

「エッ、ソーセキって新聞記者だったの? 知らなかったわ。そしたらあの『猫』は新聞に掲載されたのね」

「あれは新聞社入社以前の作なり」

「思い出したわ、映画で見たの。『坊つちやん』よ。あれは新聞?」

「それも入社以前」

「もう一つ、『枕草子』みたいな、何てったかな?」

「『草枕』。これも又以前の作」

「何よ、以前ばかりじゃないの。新聞社で何もしなかったたって言うの?」

「なるほど、さような見方もありしか。しかれども、石橋叩きは見習うべし。チェック・リストを片手に可能な限りの社を廻るべし」

「でも、先生のリストでOKだからといって仮に入社しても、すぐ嫌になったらどうするのよ?」

「すぐに辞めるべし。その会社に一年おれば一年の、二年おれば二年のキャリアが付くなり。新会社に移れば新キャリア。次々会社を変われば千差万別キャリアが付く次第。終身雇用は過去の悪徳。ドンドン変わりのグングン・キャリア。ちなみに申す。終身結婚なるもの既に過去の遺物」

「遺物じゃないわ。あたしの両親、いまだ愛し合ってるわよ」

「かつて偉大なる先達曰く、人生二度結婚すべし、と。初たび、若き貧しき男、金持ちたる老女を娶る。世馴れたる老女、若き男をいつくしみつつ出世への道へ導き、やがて死す。次いで、既に金持ちたる老いし男、貧しくも若き女を娶る。泰然たる老亭主、若き女をいたわりつつ世馴れへの道へ導き、やがて死す。如何?」

「男中心の考え方だわ」

「否。若き女、富ある男を得、老いたる後、若きツバメを得る。これ女中心の道理なるべし」

「フーン、そうかな? だったら先生、だいぶ老けてらっしゃるから、あたしとどう、結婚してみない?」

嗚呼、ロボ太は信じなかろうが、またしてもプロポーズされたり。

《全くもって、呆れて物も言えないよ。何人もの女からプロポーズされた、なんて呟いたのはこんなことだったのだ。そもそもだ、伊野多和子なんて名前がキッパリ言ってるじゃないか。イヤダワ、と。こんな日記、引用するのも少々心細くなってきたが、以下はその翌日分。》

※　※　※

●月■日　某曜日　曇時々晴
昨日の伊野多和子の言葉、気掛かりなり。プロポーズにあらず。漱石の作品に関してなり。他の生徒諸子の見解をも聞かねばならぬ。かく考え、本日実行す。

されども、突如夏目漱石となれば、何故にやとの疑問起こるべし。しかして、就職活動開始時期にあたるをもち、参考資料との名目にて[a]漱石新聞社入社熟慮中の確認書簡をプリント配布す。有名なる夏目漱石さえ就職運動にては多大の苦労をなしたり。いわんや無名の諸子に於いてをや。
しかるに、配布したるも諸子反応まるで無し。読むことなく大半裏むけ何やら落書きせり。おい、せっかくのプリント、何故に読まぬや、と問いただせば、「こんな難しい字、教えて貰ってないもん」だと。何言うか！　我が愛犬ロボ太なりとも読めるぞ、と言いかけしが、話複雑になる恐れありて口を閉ざす。

《閉ざさずにもっと自慢してくれればいいのに。そうすりゃ僕だって少しは有名になれるものを。妙なところでケチる男だ。》

やむなく一言ずつ解説す。即ち、手当はいかほどなりや？　免職せぬとの社主の保証を得らるるや？　恩給を得るには何年の勤務が必要や？　小説は年に何カ月書かねばならぬか？　小説以外は？　作品が評価されずともクビにならぬや？　他社からの依頼にも遠慮なく書けるや？　新聞掲載作品は我が版権にて出版可能なりや？　これらすべて一つ残らず完璧なる確認を得た後、やっと腰を上げたる次第を逐一説明す。生徒諸子、どうにか納得したる模様なり。

ここへきて初めて「諸君の知る漱石作品名を三つ記入せよ」とメモ用紙配布す。しかるに、一人の丸刈り君、不審がりて質問。

「僕らはデザインの勉強をしてるんです。漱石とデザイン、何か関係あるのですか？」

この生徒、かつて何故に丸刈り頭かとの問に、「茶髪は嫌だ。でも黒髪は地味すぎで目立たない。だからやむなく丸刈りです」と答う。その真面目さに好感抱けり。

「直接広告デザインとは関わりなし。しかれども、自作著書装丁デザインを試みたるほか、下手ながらも絵を描く事、無性に好みたり」

と、かような質問、必ずや起こると予想し、用意したるワープロ文読み上げる。

『私は生涯に一枚でいゝから人が見て難有い心持のする絵を描いて見たい山水でも動物でも花鳥でも構はない只崇高で難有い気持のする奴をかいて死にたいと思ひます』一九一三年　津田青楓宛手紙
『小生画をかくのと遊ぶのと運動するのとでいそがしく候画も明日はやめやう〳〵と思ひながら其明日がくると急に描きたくなり候まあ酒呑がバーの前を通るやうなものと存候其癖うまいものはかけず飛んだ酔興に候』一九一三年　寺田寅彦宛手紙
丸刈り君、ニヤリ笑いつつメモ用紙受け取りたり。

生徒数二十三人。無記四人。三書籍記入五人。集計すれば以下の如し。『吾輩は猫である』十八人。ただし「吾輩」と記せるは五人、「我輩」三人。後は「わがはい」。一人のみ『俺は猫なり』。これ左東君に相違なし。『坊っちゃん』十一人。『草枕』七人。『三四郎』五人。『こころ』四人。以上。

まさに懸念通りなり。一大決意で新聞社入社。しかるに死後八十数年にて新聞掲載作品の大半既に忘れ去られり。デザイン専門学校生徒をもちて現代人を代表させるつもりにはあらず。されども、連日漱石紙幣を駆使する人々、『猫』及び『坊っちゃん』作者とのみ考えておる模様。漱石、或いは新聞社、この事実を如何に思うや。若かりし頃『文学ならば勉強次第で幾百年幾千年の後に伝へる可き大作も出来る』との友人の言によりて文学を志したり。　幾百年幾千年ならず、わずか八十五年にてこの有様。

嗚呼、百年を想へば侘びし漱石や――。

《カイナシめ、僕の真似をして川柳など付けていやがる。犬は飼い主に似るとか言うが、僕に言わせれば全くの逆。アクビの台詞じゃないが、飼い主は犬に似るだよ。散歩しておればわかる。太った犬には太った飼い主。毛がバサバサの犬には髪バサバサの飼い主。》

丸刈り君、またも食い下がる。

「確か夏目漱石は大学の先生でしたよね。それにヒット作品もジャンジャン書いていたのに、どうして新聞記者などツマランものになったんです?」

記者がツマランかどうかは別なれど、金だよ、と答えたきはやまやま。されど今ひとつ明白なる確証なし。よって、次の授業までしばし待て、克明に調査する故、と答う。またも厄介なる仕事増えたり。

新分野拓いたつもりが新聞屋——。


《いいかげんにして貰いたいね。この日記から二日間、カイナシは鏡花には目もくれず、ひたすら漱石全集に首っ引き。三日目、いろいろ打ち込んだワープロ文を携えて学校へ出た。次の引用はその夜に記されたもの。》

※　※　※

●月▲日　某曜日　終日曇
本日、デザイン概論中止。丸刈り君の宿題発表す。

「本日は漱石概論なり。聞きたくなき者もおるはず。出席簿には全員〇印をなす故、退室したき者、遠慮一切不要」

かく言えば半分近く退室す。無理なき話なり。当記述、或いは長くなるやも知れず。野球なく洋画なくどうせ閑暇なれば逐一記すべし。

「夏目漱石こと金之助、大学卒業の際、東京高等師範学校校長、柔道の大家・嘉納治五郎に勧誘され師範学校に勤務す」

「シハンて何です?」と丸刈り君。

「教師養成学校」と答えしが「じゃあ、先生もシハン出身?」とくる。

「師範学校は戦前のもの」と言えば「センゼンって?」。うるさいので答えず。

「先生、漱石が最初に勤めたのは松山の学校のはずだわ」

可愛げに赤髪ピンと立てたる女生徒。

「否。『坊っちゃん』の影響にてさようなる誤解ありしが、松山以前に東京高等師範に一年強勤務。しかる後に突如退職、松山へ赴く」

「なぜ突如退職したんです?」と赤髪嬢。

「不明。しかしながら嘉納校長、常になく立派すぎたるが故との推察も可なり」

「校長が立派だからって、どういうことです?」

「漱石、生来より立派人間大嫌いなり。吾輩も同然」

「じゃあ先生、先生がこの学校辞めないのはここの校長が立派じゃないから？」

　全くもちて、現今の書生、恐ろしきこと平気でのたまう。

「師範学校辞職すべく、横浜にありし『ジャパン・メール』なる英字新聞記者採用試験に挑戦す。試験論文として禅を論じたる英文を送付。しかるに当論文、一言の説明もなく返送さる。論文不良との判定ならば、如何なる点にて不良なるかを指摘すべしと、漱石怒りカンカン。かくて返送論文ズタズタに切り裂けり。この件以来、新聞嫌悪感増長す。しばし後に赴任したる松山にての記述に明白に示されり。即ち『坊っちゃん』なり。『世の中に何が一番法螺を吹くと云つて、新聞程の法螺吹きはあるまい』。又々『新聞がそんな者なら、一日も早く打つ潰して仕舞つた方が、われ〳〵の利益だらう』等記す」

「それは作品の中の文章であって、作者の本心が記されている訳じゃないわ。小説技法上そんな表現をしただけよ」

　赤髪は可愛いかりしが文言は苛酷なり。

「否。書簡等にも種々の記載あり。『新聞屋抔のいふ評は何を云ふのだか分らない』『新聞屋は悪戯ばかりして欣んでるんだね』等々。死の直前にも、新聞ろくなことを書かぬ故購読中止せしが、一向に困惑なし、との書簡あり」

「そんなに嫌いな新聞社に入社したのは給料がよかったからだよ」

今まで一言もなき左東君、突如怒鳴りたり。困りし者なり。
「だってそうだろう。嫌いな会社でしかも給料も安い。そんな所へ行く奴いるかい？　だけど、嫌いだけれども給料が高いのなら、行く奴がいても不思議じゃない。そうじゃないか？　漱石って人、ひどく金に弱かったらしいからな。ねえ、先生？」

《なるほど、サカン、割合いいこと言うね。僕も常々不思議に思うことがある。政府の高官とか銀行員などの給料が高すぎるなんてよく新聞に書いてある。では、そう書いている新聞屋さんはいったいどれだけ給料貰ってるんだい。他人の給料を批判するのなら、自分はこれだけ、それなのに彼奴はあれだけと報道すべきじゃないか。なぜ僕がこんなことを言うかって？　ほかでもない、ボルゾイ姫のことだよ。彼女の住まいは有名新聞の部長宅。例の鼻ツン夫人、いつも散歩の途中垣根ごしにボルゾイ姫が僕を見つめるのをものすごく嫌がる。せっかく立ち止まってニッコリ微笑んでくれている彼女の首綱を、可哀想にグイッと引っ張るんだ。彼女、いつも首を引かれながら恨めしげに僕を見つめて通り過ぎてゆく。多分あの鼻ツン夫人、ご亭主とカイナシとの給料差を鼻に掛けているんだろう。それもごく当然なことと思うけれども、しかしだ、新聞なんての報道は嘘八百じゃないか。そうじゃないって言うのならテメエの給料報道しろ！》

「左東君の説、見事至当なり。二十世紀初頭の文豪、まずは金に動けりと見ゆ」

「二十世紀はおかしいわ。明治の文豪と言うべきよ」

この度は伊野嬢。これまた困りし女なり。

「『猫』発表、一九〇五年なり。よって二十世紀初頭と述べたり。現世まさに国際化時代。如何なる理由にて明治なる異国人不理解なる語を用うるや。ちなみに問う。『起承転結』とは？これ元号のことなり。すなわち『起』は明治なり。すべての文化文明、明治に起こりたり。『承』は大正。明治を継承しつつ、モボ・モガに浮かれる世なり。しかる後『転』つまりは昭和に至れり。浮かれ世は苛烈残虐戦争時代に一転す。と思いきや一瞬にして逆転。悠然呑気平和の世となりぬ。かくして最後の『結』を迎う。すなわち平成なり。換言するならば、平成イコール『ドンヅマリ』なり。我が国、平成にて終焉す」

「先生、クダラン話はよして、早く漱石の起承転結付けてくださいよ」

丸刈り君の声に反省。

「陳謝深謝。新聞の話なりしや。漱石、若年時にイギリス新聞を論ず。その中にて『現今では文学者で新聞か雑誌に関係を持たないものはない様になつた』と記せり。漱石自身いつしか文豪の仲間入りを果たしたりしが、文豪ならば新聞と関わりを持つべき必要あり。しかるに新聞は大法螺吹きなり。如何せん。漱石の煩悩ここにあり」

「昔から、悩むより慣れよ、と言うじゃないか」

　またも左東君、間違い言葉を陳述。

「アレ？　違ったかな。まあいいや。嫌いな新聞屋にならなくても、先生やりながら小説を書き、それを新聞社に売ればいいじゃないか。要は慣れだよ。慣れ」

「しかしながら、教師稼業の合間では時間不足なり。『時間さへあれば僕も稀世の第《ママ》文豪になるのだが。時が乏しい』『本職の余暇にやる事故大したものも不出来』等々と記されたり」

　左東君反論す。

「学校も辞め、新聞屋にも行かずに独立した作家になればいいじゃないですか。鏡花なんかそうしていたんでしょう。そもそも、偉い奴はクダランことしか言わないですね。時間がないのは社会が悪い、とでも言いたいのかな。今の若い者は本を読まんとか。そういうお偉方に聞きたいですね。昔の若者はみんな本ばかり読んでたんですかね」

　小生そんなクダランことは申さぬ。

「僕はいま、鏡花を読んでいる。実に面白い。読んでる僕を見たオヤジが言ったよ。『何だ、カガミハナ？　クダランもの読まずに勉強しろ』って。オヤジも昔は若者だったはずだ。だったけれども鏡花なんて読んじゃいない。若い頃に本を読んでいたのはごく少数の奴だけ。そのごく少数が今は偉そうに発言できる立場になって、クダランことばかり喋っているんだ。昔であろうが今であろうが、読む奴は読む、読まん奴は読まん。ただそれだけの話じゃないか。ねえ、先生」

ねえ、などと媚びを売られても致し方なし。

「その話はさておき、本職余暇の最後の作品『野分』にて漱石はかく述べたり」

声を大にして朗読す。

『僕なんか書きたい事はいくらでもあるんだけれども落ち付いて述作なぞする暇はとてもない。実に残念でたまらない。保護者でもあつて、気楽に勉強が出来ると名作も出して見せるがな。責めて、何でもいゝから、月々きまつて六十円許り取れる口があるといゝのだけれども』

「この作品の発表、一九〇七年一月。その翌月の二月、A新聞よりの招聘話生ず。新聞社曰く、月額二百円出すと。六十円の三倍を余る額。新聞嫌いの漱石、目を真っ赤になして領けり」

「二百円てどれほどの額なの?」と伊野嬢。

「よくは存ぜぬ。が、漱石、東京大学にて年八百円、第一高等学校七百円、さらに明治大学にても講義せしとか。従い年俸二千円にも満たぬはず。新聞社の月二百円、年に直せば二千四百円なり。さらに賞与等加算するならば、恐らくは三千円を超すものと察せらる。相当裕福なる生活可能と見るべし」

「じゃあ、『ノワキ』ってのに書いてる六十円は嘘なのね」

「然り。『野分』執筆の折、すなわち一九〇六年十一月、Y新聞よりの勧誘あり。月六十円にて毎日何か書くべし、と。その際の断り状に『月に六十円位で各日に一欄もしくは一欄半宛かくのはちと骨が折れる。大学をやめれば八百円の収入の差がある』とありし。六十×十二イコール七百二十。教師稼業に較べ八百円少額とあるをもって考慮するならば、当時の年収概略千六百円相当と推察される」

「ソーセキって人、嘘つくの上手いのね」と伊野嬢。

「違うわよ。これも小説手法なのよ」と赤髪嬢。

「二つの新聞から迫られていたんですか?」と丸刈り君。

「ウチみたいなもんだな。この間からA新聞とY新聞がしつこく迫ってくるんだよ」

と左東君。

「エッ、どうして?」これは全員。

「ウチはずっと他の新聞なんだけど、数カ月は無料にするから購読しろって。しつこいんだから、新聞社は」

　困った男なり。

「二紙のみならず他の新聞各社からの勧誘もあり。実を申せば、漱石元来Y新聞愛好派なり。諸君如何なる新聞読みしや？」

「新聞なんて、チッポケな字でダラダラダラダラ、何書いてるのか知りませんがね、読む気にゃなりませんね。ニュースはテレビで十分だし。なあ、みんな、そうだろう？」

「僕はY新聞読んでるよ。イヤジャンツが勝った翌日なんかはいいですね。あの新聞」

丸刈り君の反論なり。しかる後、常時沈黙にて下のみ見つめたる陰気沈黙君、突如喋り始む。いささかの驚きなり。

「ウチはA新聞を取ってるが、この間、本屋で『Y vs. A』なんて本、立ち読みしたけど、完全に負けてるよな。もしA新聞がY新聞に勝つつもりがあるんなら、イタガースを買収しなきゃ。イタガースもやむなくニッチュウ・ゴンドラズの監督を引っ張ってきたけど、ゴンドラズも新聞社だろう。サンライズ・イタガースを作らなきゃ。そうすりゃA新聞の売れ行き倍増ですよ。だって、隠れイタガース・ファンはワンサといるんだから。そうじゃないですか、先生？」

実を申せば、吾既に存じたり。かの陰気沈黙君、鞄中常にイタガース帽を隠し持ちたるを。哀れなる若者よ。

「でも、先生。漱石はA新聞に入ったんでしょう。それなのに妙なことを言われますね。好きだったのはY新聞だなんて？」

　待っていたるはこの問。丸刈り君なり。

「然り。[h]新聞社入社以前の漱石文章中、A新聞なる文字の記述、唯一『野分』に一言あるのみ。それに比すれば『猫』等にてY新聞なる文字の記述幾たびもあり。ロンドン留学日記にも、義弟よりY新聞送付さる、との記述多数あり」

「ロンドンだろうがどこだろうが、売るんですよ。売り廻るんです」

　左東君の相手にはならぬ。

「さらなる面白き事実あり。ロンドンより帰朝するや大学にて英文学講師を依頼されしが『[i]私はそのような目的をもって洋行したのではない。私の目的は文学論を大成することにある』と断言したる『文学論』。当作品、A新聞入社の翌月に刊行。しかるに、その念願作品の『序文』掲載はY新聞なり。それのみならず『作物の批評』『写生文』等評論、A新聞入社直前、Y新聞に発表せり」

「そうか。Yは売るだけじゃなくて買うのも得意なんだな」

　左東は相手にせぬぞ。

「既にA新聞より高給を貰える時期、一九〇九年、Y新聞社新ビル完成の際、漱石、Y新聞に寄稿す。[j]私は尾崎紅葉作品が掲載されていた時はY新聞を愛読したものである、と」

「明治は、いや、昔のその頃は平和だったんですね」

イタガ坊、余の起承転結論を守りぬ。

「それまでわずか一度のみ記述したるA新聞なる文字、入社するやいなや、やたらふんだん作品内に登場す。例を申せば入社第一回作品『虞美人草』に、先生は顔の前にA新聞を広げて、とあり。何故にわざわざA新聞と断るにや。『先生は顔の前に新聞を広げて』。これにて充分に通ずるはず」

「そりゃあ先生、広告の基本でしょう。この間の授業で先生自身が言われましたよ。『コーヒーは旨い』じゃ広告にならない。『ネカスフェは旨い』でなきゃ駄目だって」

左東よ、嫌なことを申すな。

「なれどもである、Y新聞断り状を見よ。『新聞へかく事柄は僕の事業として後生に残るものではない』或いは『只一日で読み捨てるもの、為めに時間を奪はれる』のは嫌なりとあり。さらに『基礎の堅い新聞かも知れぬが大学程堅くはない』ともあり。しかるに二カ月後に新聞社入社。君子漱石豹変す？」

「そりゃあイヤジャンツは堅くないですよ。レギュラーなんか毎年あちこちのチームから優秀選手を引っ張ってくるんですからね。そこへいくと我がイタガースは――」

陰気イタガ坊、黙ってくれぬか。

「当断り状の最後。『もし僕の待遇をよくして月給を増して僕の進退を誘ふとすれば僕も少しは動くかも知れん』と書かれたり」

突然、左東君の叫び声。

「おかしいな。その断り状、新聞社入社の直前でしょう。A新聞はその断り状を見たんじゃないかな。絶対に見てますよ。でないと最初から法外な給料出すはずないでしょう。その断り状、確かにY新聞へ出したものなんですか？」

又々嫌なことを申す。白状するならば当断り状、Y新聞宛でなく某雑誌編集者宛なり。当編集者、漱石勧誘依頼を受けし模様。当雑誌、A新聞にも近しい存在であったやも知れぬ。さすれば左東推察、あながち不当とは言えず。

「なるほど、さもありなん。A新聞に初めて掲載したる漱石文『入社の辞』。その中にて『入社せぬかと云ふ相談を受けた。担任の仕事はと聞くと只文芸に関する作物を適宜の量に適宜の時に供給すればよいとの事である』とあり。Y新聞の場合、一日一欄との話。これは誠に断り状曰くの、待遇をよくしてくれたらに該当せり。また『新聞社の方では教師としてかせぐ事を禁じられた。其代り米塩の資に窮せぬ位の給料をくれる』とも記せり。断り状曰くの、月給を増してくれたら、にピタリ符号す。鋭きかな左東殿」

「鋭くなけりゃ左官なんて出来ませんのでね」

「かつて新聞嫌悪者たる漱石、当『入社の辞』最後に記す。新聞社のために『出来得る限りを尽すは余の嬉しき義務である』と。嗚呼、金の光は阿弥陀なりしか」

「当たり前じゃないですか。給料の多い方を選ぶのは当然でしょう。あたしだっていまそれで一所懸命なんだから」

いい加減にせぬか、伊野嬢。

「さは言えど、漱石、自己のさなる動きに嫌気さしたり。新聞初小説『虞美人草』の中にて『文学者なんてものは奇麗な事を吐く割に、奇麗な事をしないものだ』との嘆きあり」

「嘆きつつ稼ぎて嬉しき文学者――ですね」

左東よ、いつの間に川柳手法心得たるや。

「小説手法との説あるやも知れぬ。が、如何に手法なりと言えども、自ら思わぬことは書けぬはず。新聞とは法螺吹きなりと述べし同人、『それから』にて『一時的の剣の力よりも、永久的の筆の力で、英雄《ヒーロー》になつた方が長持がする。新聞は其方面の代表的事業である』とあり。誠にもって、一瞬にして豹に変じたり。如何？」

「それからは人格変える時間なり――ってね」

かなわぬな、左東殿。もはや喋る術もなし、と思へばその際、伊野嬢決定打撃つ。

「どうも先生、ソーセキさんのアラ探しを楽しんでおられるようですね。でもね先生、いくら楽しまれてもメイジの大文豪はビクともしませんよ。もうすぐ野口英世になるらしいけど、今じゃ毎日使わせていただいてるお札なんですもの。そうでしょう?」

メイジなる言葉により完璧にキレたり。講義時間いまだ残りしが、「授業終了」と言明す。かようならば、くだらぬデザイン概論述べたるが幾たびかマシなり。

漱石論負けイタガースに似たりけり——。

※　※　※

長いカイナシ日記はここで終わっている。キレたと記しているが、新イタガース監督みたいな気持ちだったんだろう。つまり「一所懸命やってもどうにもならん」と。それはそうと、この日記にワープロ文が二束はさんである。一束は授業で引用したもの。あとの一つは引用するつもりが、中断してしまって残ったもの。ここでその残り分を載せておこう。☆印はカイナシのメモである。

『事を成さんとならば、時と場所と相手と、此三者を見抜かざるべからず』一八九五年「愚見数則」

☆漱石式風見鶏＝新聞嫌いの新聞社入社＋Y好きのA入社
『芸術家とか学者とかいふものは、此点に於て我儘のものであるが、其の我儘な為に彼等の道に於て成功する。（略）彼等は自分の好きな時、自分の好きなものでなければ、書きもしなければ拵へもしない。至つて横着な道楽者であるが既に性質上道楽本位の職業をして居るのだから已むを得ない』一九一一年「道楽と職業」

☆文豪風我儘横着流詭弁的自己弁護論。
『暫くすると紅葉の小説が名高くなり出した。僕は其頃は小説を書かうなんどとは夢にも思つてゐなかつたが、なあに己だつてあれ位のものはすぐ書けるよといふ調子だつた』一九〇七年「僕の昔」

☆金色の夜叉を蹴りての高給紙――。
『束縛のない自由を享けるものは、既に自由の為めに束縛されて居る』一九〇七年「野分」

☆古人曰く「楽人は楽を知らず」。
『私抔も学校をやめて、縁側にごろ〳〵昼寝をして居ると云つて、友達がみんな笑ひます。――笑ふのぢやない、実は羨ましいのかも知れません。――成る程昼寝は致します。昼寝ばかりではない、朝寝も宵寝も致します。（略）私は只寝てゐるのではない、えらい事を考へやうと思つて寝て居るのである。不幸にしてまだ考へ付かない丈である』一九〇七年「文芸の哲学的基礎」
☆宵寝終え朝寝昼寝にまた宵寝――。
『幸ひにして私自身を本位にした趣味なり批評なりが、偶然にも諸君の気に合つて、其気に合つた人だけに読まれ、気に合つた人だけから少なくとも物質的の報酬（或は感謝でも宜しい）を得つゝ、今日迄押して来たのである』一九一一年「道楽と職業」
☆原稿かついで日夜駆け、悪戦苦闘の毎日の、泉鏡花の台詞なら、はたまた忙殺多忙なる、医療軍事の余暇をみて、泰然自若としたためた、森鷗外ならいざ知らず、気に合う合わぬにかかわらず、毎月いただく高給料。

ワープロ文はこれでおしまい。カイナシもえらく侘びしいメモを残したものだ。どうしても低給者は高給者を恨むものらしい。気の毒に。いくら恨みごとの木枯らしを吹かせても、我が漱石先生、まるで知らん顔だよ。

『木枯の今や吹くとも散る葉なし』

確かに僕は俳句は好きでない。だがしかしだ、漱石先生の句にはなぜか惹かれる。

『骸骨や是も美人のなれの果』

恐ろしいのか、それともおかしいのか。

『何となう死に来た世の惜まるゝ』

若い頃のものだそうだが、妙な雰囲気ではないか。若い頃と言えば、ロンドン留学直前のこの句も、なぜに朝日なのか、どうも気になってしかたがない。

『ひとり咲いて朝日に匂ふ葵哉』

と言ったところでだ、冒頭に記した本月本日の川柳、あれはボツにして次のに代えよう。

ひとり眠て朝日に願ふ愛撫哉——嗚呼、ボルゾイ姫。

a『考の材料として今少し委細の事を承はり置度と存候　一手当の事　其高は先日の仰の通りにて増減は出来ぬものと承知して可なるや　それから手当の保証　是は六やみに免職にならぬとか、池辺氏のみならず社主の村山氏が保証してくれるとか云ふ事。何年努めれば官吏で云ふ恩給といふ様なものが出るにや、さうして其高は月給の何分一に当るや。小生が新聞に入れば生活が一変する訳なり。失敗するも再び教育界へもどらざる覚悟なればそれ相応なる安全なる見込なければ一寸動きがたき故下品を顧みず金の事を伺ひ候　次には仕事の事なり。新聞の小説は一回（年に）として何月位つゞくものをかくにや。それから売捌の方から色々な苦情が出ても構はぬにや。小生の小説は到底今日の新聞には不向と思ふ夫でも差し支なきや。尤も十年後には或はよろしかるべきやも知れず。然し其うちには漱石も今の様に流行せぬ様になるかも知れず。夫でも差支なきや。小説以外にかくべき事項は小生の随意として約どの位の量を一週何日位かくべきか。それから学校をやめる事は勿論なれども論説とか小説とかを雑誌で依頼された時は今日の如く随意に執筆して然るべきや。それから朝日に出た小説やら其他は書物と纏めて小生の版権にて出版する事を許さるゝや　小生はある意味に於て大学を好まぬものに候。然しある意味にては隠居の様な教授生活を愛し候。此故に多少躊躇致候。御迷惑とは存じ候へど御序の節以上の件々御聞き合せ置被下度候』一九〇七年 白仁三郎宛手紙

b『君は建築をやると云ふが、今の日本の有様では君の思つて居る様な美術的の建築をして後代に遺すなどと云ふことは迚も不可能な話だ、それよりも文学をやれ、文学ならば勉強次第で幾百年幾千年の後に伝へる可き大作も出来るぢやないか。と米山はかう云ふのである。（略）かう云はれて見ると成程さうだと思はれるので、又決心を為直して、僕は文学をやることに定めたのである』一九〇六年談話「落第」

c『おれは新聞を丸めて庭へ抛げつけたが、夫でもまだ気に入らなかつたから、わざ〳〵後架へ持つて行つて棄てゝ来た。新聞なんて無暗な嘘を吐くもんだ。世の中に何が一番法螺を吹くと云つて、新聞程の法螺吹きはあるまい』一九〇六年「坊っちゃん」

『つまり新聞屋にかゝれた事は、うそにせよ、本当にせよ、詰りどうする事も出来ないものだ。（略）新聞がそんな者なら、一日も早く打つ潰して仕舞つた方が、われ〳〵の利益だらう。新聞にかゝれるのと、泥鼈《すっぽん》に食ひつかれるとが似たり寄つたりだ』一九〇六年「坊っちゃん」

d『新聞屋抔のいふ評は何を云ふのだか分らない』一九〇六年 森田草平宛手紙

『何新聞かで、大町桂月と僕とが双方から彼奴は常識が無い男だと蔑してると云ふ事を書いてあつたね。

嘘だよ、あれは。（略）新聞屋は悪戯ばかりして欣んでるんだね』一九〇七年談話「無題」
『新聞などを読むひまがない位いそがしい方が人間は好いのでせう、新聞は碌な事が書いてありませんからね、私も昔し一時新聞を廃してゐた事があります、然し一向困つた事はありません』一九一五年　鬼村元成宛手紙

e『段々発達して有ゆる種類の文学が新聞雑誌の厄介になると云ふ時代になつた。是に連れて文学者と新聞雑誌との関係が漸く密切に成つて来て現今では文学者で新聞か雑誌に関係を持たないものはない様になつた』一八九九年「英国の文人と新聞雑誌」

f『時間さへあれば僕も稀世の第《ママ》文豪になるのだが。時が乏しいので、ならずに死んで仕舞ふのは残念だか幸福だか一寸自分には分らない』一九〇五年　野間眞綱宛手紙
『小生は教師なれど教師として成功するよりはヘボ文学者として世に立つ方が性に合ふかと存候につき是からは此方面にて一奮発仕る積に候然し何しろ本職の余暇にやる事故大したものも不出来只御笑ひ草のみに候』一九〇五年　村上半太郎宛手紙

g『読売新聞文壇担任の義につき昨夜考へながら寝て仕舞つた。夫故別段名答も出来ぬ　先ず一寸思ひ浮んだ事を云ふと月に六十円位で各日に一欄もしくは一欄半宛かくのはちと骨が折れる。（略）大学をやめれば八百円の収入の差がある。よし読売から八百円くれるにしても毎日新聞へかく事柄は僕の事業として後生に残るものではない。（略）只一日で読み捨てるもの、為めに時間を奪はれるのは大学で授業の為めに時間を奪はれると大した相違はない。そこで僕は躊躇する。よし夫でも構はんとする。然し読売新聞は基礎の堅い新聞かも知れぬが大学程堅くはない。（略）大学の俸給は読売よりも比較的固定し

ている。（略）もし僕の待遇をよくして月給を増して僕の進退を誘ふとすれば僕も少しは動くかも知れん』一九〇六年　瀧田哲太郎宛手紙

h『目的の江湖雑誌は朝日新聞の下に折れて居た』一九〇七年「野分」

『傍にあつた読売新聞の上にのしかゝる様に眼を落した』一九〇五年「吾輩は猫である」

『細君笑ひながら、わざと茶碗を読売新聞の上へ押しやる』一九〇五年「吾輩は猫である」

『鈴木ヨリ読売新聞来る』一九〇一年「日記」

i『帰朝するや否や余は突然講師として東京大学にて英文学を講ずべき依嘱を受けたり。余は固よりかゝる目的を以て洋行せるにあらず、又かゝる目的を以て帰朝せるにあらず。大学にて英文学を担任教授する程の学力あるにあらざる上、余の目的はかねての文学論を大成するに在りしを以て、教授の為めに自己の宿志を害せらるゝを好まず』一九〇六年「文学論」序

j『読売新聞新築記念号を出す。余の手紙を載す』一九〇九年「日記」

『私は尾崎紅葉氏が小説を書く時分に読売新聞を愛読したもので、其の時分は私ばかりぢやない、うちのものが、みんな読売でなくつちや不可ない様なことを云つてゐました』一九〇九年　相馬由也宛手紙（読売新聞掲載文）

k『突然朝日新聞から入社せぬかと云ふ相談を受けた。担任の仕事はと聞くと只文芸に関する作物を適宜の量に適宜の時に供給すればよいとの事である。文芸上の述作を生命とする余にとつて是程難有い事はない、是程心持ちのよい待遇はない、是程名誉な職業はない。成功するか、しないか抔と考へて居られるものぢやない。博士や教授や勅任官抔の事を念頭にかけて、うん〳〵、きゆう〳〵云つてゐられるも

のぢやない。（略）新聞社の方では教師としてかせぐ事を禁じられた。其代り米塩の資に窮せぬ位の給料をくれる。食つてさへ行かれゝば何を苦しんでザットのイットのを振り廻す必要があらう。やめるなと云つてもやめて仕舞ふ。休《や》めた翌日から急に背中が軽くなつて、肺臓に未曾有の多量な空気が這入つて来た。（略）人生意気に感ずとか何とか云ふ。変り物の余を変り物に適する様な境遇に置いてくれた朝日新聞の為めに、変り物として出来得る限りを尽すは余の嬉しき義務である』一九〇七年「入社の辞」

第六章「劇を嫌ふて閑に走る所謂腰抜文学者」

「ロボ太、あっちの部屋から新聞持ってきてくれ」

雨ドシャ降り、秋の月曜日の朝。祝日が日曜と重なり今日も休日とか。人様は休むことばかり考えているらしい。我が犬属には日曜も月曜もない。毎日毎日が、これ天から授けられたありがたき日々。今もこの激しい雨音、耳底に何とも不可思議な韻律を響かせてくれる。それなのに、テレビのチャンネルをいじっていたカイナシの声が邪魔をする。

「チェッ、クソガキめ」

と言ったつもりだが「チュン、クン」としか発音できない。どうやらカイナシ、僕が機嫌よく答えたと思ったらしい。「すまないね」だと。しかたがない。僕はわざとノッソリ立ち上がり隣の部屋へ行った。が、今日の新聞がない。広げっぱなしに置いてあるのは昨日のやつ。狭い部屋だから探す場所もない。気の利かん奴と思われるのも嫌なのでカイナシを振り向いて「ワン」と鳴いてみた。

「それでいいんだよ、昨日のやつで。今日は休刊日」

くわえて持っていったら、ギッシリ二ページにわたったテレビ番組表を見て、

「何だ。どこもニュースやってないじゃないか。平和な国だよ、この国は」

と言ってスイッチを切った。僕は少々の疑問を覚えたのでフィンガー・スティックをくわえてワープロを打ちカイナシを呼んだ。

「何だって？『今月の新聞代は安いのか？』。安くなんかないよ。毎月同じさ」

「でも、今日、配達休み？」とワープロ。

「休刊日は毎月あるのさ」

そう言ってカイナシが3Bのパイプを吹かし始めた時、「よう、いるかい？」と玄関で声がした。あの声は確かあいつだ。友人の広告屋さん。

「やあ、加勢か。何だい、その格好？」

大きなゴルフ・バッグをかついだたくましい男。加勢久世。大手広告代理店でたくさん稼いでいるらしい。僕はカセグヨと呼んでいる。

「馬鹿に降りやがるんでね」

と言いながら既に部屋に上がって、ワープロ画面を覗き込んだ。

「ハハーン、ロボ君だな、これは」

「世間の奴等は気付かんようだが、ロボ太は気付いてるんだよ。配達なしの日があるのに一カ月分の新聞代払うのはおかしいと」

カイナシ、やや自慢げに言う。自慢すべきはこの僕じゃないか。

「だがな、ロボ君、二月は二十八日しかないのに三十一日の月と同じだけ払うんだよ」

そりゃおかしい、電気代だってガス代だって使った分だけ払うのに、なぜ新聞代だけが毎月同じなんだね。首をかしげた僕の頭をポンと叩き、

「その話は後でしよう。その前に例のやつ頼むよ」

このカセグヨ、どういう訳かカイナシの特製コーヒーが好きなのだ。こんな旨いのは滅多にないと誉め称える。もっと外に誉められることはないのか、と情けなく思うのだが、誉められるご本人、誠に気をよくしているからますます情けなくなってくる。

やがて二人はおもむろにコーヒーをすする。僕にはミルク。我ら一匹と二人、黙って雨音に

聞きいる。

「さあ、そこでだ。先ほどの新聞代の件だがね」

やおらカセグヨが切り出す。

「領収書には一言の断り文も記載されていないので購読者は騙されているんだよ。実を言えば毎月三十一日分の料金を払っているのさ。つまり年三十一×十二。おい、計算機」

カイナシ、ポケット式を渡す。

「年三七二日分の料金を払っているんだよ。実際の日数は三六五。その差は七日。これに正月二日の休みと休刊日十二日を足せば合計二十日。購読者は毎年二十日分余計な新聞代を払っているという訳だ。新聞社は二十日分丸儲け。わずか二十と思うなかれ。大手の新聞は一千万部とか八百万部と言われている。全部が定期購読ではないから、少なく見積もって五百万所帯としてみよう。二十×五百万。何と一億だ。各新聞社は年に一億日分の料金を丸儲けしていることになる」

「まさか」とカイナシ。

「坊さんが丸儲けしたのは昔の話。今じゃ丸儲けするのは新聞社なんだよ」

「しかし、それは――」

「まだあるぜ。民放テレビを見たまえ。タダじゃないか。広告を流しているからさ。俺の稼ぎのネタだがね。ＫＨＮが受信料を取るのは広告を流していないからだ」

「それには反論あるよ」

「反論なんてどうでもいい。俺が言いたいのは、新聞には広告は載らないのか、ということだ。広告を載せないから購読料を取るのならばわかる。しかるにだ、テレビは広告流すから無料、新聞は広告満載なのに有料。いったい何故なのかね？」

「そりゃあ昔から――」

「そうだよ。昔から新聞社は平然と二重搾取してきたのさ。広告主と読者からね。新聞社のあのでかいビルを見てみろ。この不況時になぜあんなに新聞社が儲かるんだい。ちょっと考えたらすぐにわかるじゃないか。ねえ、ロボ君」

僕はボルゾイ姫のでかい新聞部長宅を思い浮かべてウンウン頷いた。

「それだけじゃない。今は全ての商品が価格競争の時代だ。牛丼でもハンバーガーでも半額だ。であるのにこの不況時にも絶対に値引きしない商品、それが新聞なんだよ。他社が千円なら俺んとこは九百八十円。これが商売の常道だろう。しかるに新聞はどの新聞もみんな同じ値段。値上げする時も全く同時期。何故だい？　談合だよ。談合」

「お前、なぜ声を大にしてそう叫ばないんだ」

「そんなこと叫べないよ。新聞広告はしがない俺の生活の糧だ。昔から言うだろう。何とかに蓋って」

「臭いもの身知らず、とも言うぜ。いや、それよりも、臭いものにたかる蝿だな」

「蝿は蝿でも五月の蝿よ」

何のこと？　カイナシ日記でも見たのだが、よくわからない。首をかしげてカセグヨを見上げると、

「五月に飛ぶ蝿はウルサイんでね。昔の人はうまいね、ロボ君」

と、またも頭をやさしく撫でてくれる。カイナシ以外の人はみんな撫で方がいい。撫でながらカセグヨは続ける。

「だがね、新聞屋もいい商売だが、もっとうまい奴がいるぜ」

「政治屋かな？」

「奴らがうまいのはいまさら言うまでもないよ。気象庁だよ。あんなに毎日嘘ばかりつきながら、一言のお詫びもなしで堂々と次の日のデマ予告をやる。今日だって、曇時々晴、と言ったんだぜ。絶好のゴルフ日和がこの通りのドシャ降りだ。おかげで中止だよ」

「ドライバーが言うじゃないか。安全運転には天気予報を喋ろって。喋ってたら絶対に当たらないそうだよ」

ちなみに、カイナシは運転しない。二十一世紀にもなるというのに、目と手と足と耳と、つ

まりは全神経を張りつめなければ目的地に到着出来ない。使わなくてすむのは鼻くらいのもの。そんな不便な機械に誰が乗れるもんか——カイナシ説である。そのカイナシ、プカリとパイプを吹かし、

「もっと楽な商売がある」

カセグヨはどうせ大したことを言うはずはない、とでも思っているのか、耳もかさずに僕に向かって片目ずつウインクしたりバァーバァーと口を広げたり。もっとマシな男と思っているのに、何ともアホみたいなことをするよ。

「評論家って奴さ。評論家でまあ納得出来るのはプロ野球の評論家くらいのものだ。何といっても奴等は一応有名選手を経てきたんだからな」

おやおや、シーズン中、プロ野球中継のテレビに向かって「ヤカマシイ！　つまらん解説なんかしやがって」と怒鳴っている人とは思えない発言。

「そうだろう。社長で活躍した経営評論家がいるかね。総理大臣をやった政治評論家がいたかね。今の世の中、小説も書けない文芸評論家だの、絵も描けない美術評論家だの、戦争をやったことのない軍事評論家でいっぱいだ」

そこへいくとカセグヨは広告界で活躍しているから立派な広告評論家になれる訳だが、カイナシの話にもまるで知らん顔。カイナシなんか何の活躍分野もないのだから、何の評論家にも

なれないはずなのに、あれこれイチャモンをつけるのはどういうことだい。そう思っていたら、その無評論家、

「そもそもだ、新聞なんてのは詐欺師だよ」

とくる。俄然新聞評論家になりすますではないか。

「休刊って何事だね。テレビに休映日なんてあるのかい。この時代、ニュースなんて掃いて捨てるほどある。ニュースを購読者に伝えることよりも、社員の休暇の方を大事にしたい。そういうことだろう。『新聞がそんなものなら、一日も早く打っ潰してしまった方が、われわれの利益だらう』」

「おや? どこかで聞いたような台詞だな」

さすがカセグヨだ。『坊っちゃん』の台詞を知っているらしい。この広告屋さんも漱石好きなのかな? カイナシ、平気で続ける。

「A新聞の社長が死んだ時の記事には呆れてしまうぜ。その社長の経歴が載っている。が、どこを探しても出身校が記載されていない。その下に新社長の紹介記事だ。この経歴欄にも学歴なし。ところがだ、横に著名な哲学者の死亡記事がある。この人の経歴欄にはちゃんと東大卒とあるじゃないか。どういう意味だい。世間様は知らないが、わが社内は学歴など一切関わりございませんて訳かい。いい格好するんじゃないよ!」

「まあ、大新聞の社長は東大卒と決っているからな。今さらわざわざ載せる必要ないんだよ。それに今じゃ東大卒は嫌われているからな。だって、見てみろ。東大卒の漱石先生、クビになってしまったじゃないか。お札のことだけどね。代わって登場するのは一葉さんと英世さんだ。お金がなくて東大なんかへは行けなかった人ばかりじゃないか。残ったのは諭吉さんだけ。何故諭吉さんが残ったか、知ってるかい？　御首相様の母校を創立した人だからだよ。世の中ってそんなもんさ」

カセグヨの横槍には一向にひるまず、カイナシは続ける。

「そればかりじゃない。この不況下に、何と一軒三億六千七百万円の住宅広告が出てるんだぜ。何考えているのかね。広告と言えば、こんなのもある。一面のトップ記事は〈失業者三百五十万人越す〉と大見出しだ。ページを開いて次を読もうとしたら、何と海外旅行広告が七ページ半。何が失業者三百五十万だ。どうなってるんだ、この新聞！」

「そりゃあ広告は重要な財源だからな。リストラの退職金で海外旅行を楽しむ人もいるのだろう。俺などそうなったら、そうだな――カサブランカがいいな」

「ドシャ降りだからって何が傘ブラブラだ。新聞なんかよりテレビの方がずっとマシだ」

またも嘘をつく。いつもチャンネル回しながら、ロクなものやっていないと悪口こくのに。まあしかし、世のいわゆる評論家なんてのはこんなものだろうがね。

「テレビだってひどいぜ」

おやおや、今度はカセグヨがテレビ評論家になった。

「海外ニュースなどの際、駐在のＫＨＮ職員が画面に出る。すると誰の誰兵衛と名前が記され、その下にロンドンなどと出る訳だ。それはいい。しかしだ、人によってはロンドン支局長となっているのは何故だい。そいつが支局長であろうがなかろうが視聴者には何の関係もない話じゃないか。そいつが支局長かどうかが問題なのはＫＨＮ社内だけだろう。そればかりじゃない。我々勤め人がゆっくりテレビを見れるのは休日だけだ。ところがＫＨＮときたら休日ニュースは窓際オジンにやらせている。こっちは金払ってるんだ。見てスッキリするようなツラを揃えろ！」

「まずき面ゼニを払いて拝みけり――かね」

まずき川柳のカイナシには一顧もせず、カセグヨは続ける。

「あのオジン面じゃ国際会議での日本の首相みたいなもんだ。そもそもだ、二十一世紀の首相は容貌で決めるべきだよ。身長一八〇センチ以上、顔付き二枚目役者以上、英語ペラペラ以上。それでなきゃ首相の資格なしだ。今や国際会議はテレビ中継の時代だ。世界の人は画面に登場する各国首脳を見てその国を判断する。頑強でハンサムな大統領を見て、あの国は強くたくましい国だ。スマートで威厳のある首相を見て、この国は上品で優雅な国。明晰で厳粛な国主を見て、その国は賢くて気品のある国だ。英語も喋れんチッポケ・ヘボ助を見た世界の人、日本という国をどう見るかね。なあ、ロボ君」

と、僕の頭を叩く。僕はすかさず答えた。

「クンワーン、クン」

くだらん国と答えたつもりなのだが、わからないかな——。全くカセグヨの言う通りだよ。彼自身、二十一世紀首相の資格ありだ。たくましくハンサム。外国スポンサーと折衝していると言ってたから英語ペラペラのはず。そこへいくと我がカイナシ、誠に情けない。自分でもそう思っているのだろう、何とか差を見せねばと文学通を気取ろうとする。

「そういや、この間『聊斎志異』という中国民話を読んでいたら、羅刹海市という国が出てくる。その国じゃ容貌順に社会的地位が決定されるそうだよ」

「そりゃそうさ。中国は偉い国だよ。『日本人ヲ観テ支那人ト云ハレルト厭ガルハ如何、支那人ハ日本人ヨリモ遥カニ名誉アル国民ナリ』。誰の言葉か知ってるかい？　ロボ君ならわかるだろう」

「カンクンアンテン、カンクンアンテン」

僕がしきりに鳴いてみせるのに、カセグヨには僕の台詞がわからないらしい。やむなく本棚の漱石全集に向かって「ワン」と吠えてやった。それを見たカセグヨ、やっとヨシヨシと頭を撫でてくれる。僕が言いたかったのは肝胆相照らすだったんだが――。

「嘉比は知らないようだが、ロボ君は知ってるぜ。漱石の有名な言葉だ」

有名かどうかはチト怪しいな。

「おやおや、お前も漱石かい。そうだ、思い出したよ。お前の卒論、確か『明治文学論』だったな?」

とカイナシが膝を叩く。。

「そんな難しいことはやらんよ。『駄文論』だ」

「なるほど、駄文か。それで漱石に詳しい訳だな。いやね、実はこの間からロボ太と鏡花漱石狂いでね」

「鏡花に漱石? 今日か明日かそう急《せ》きなさるな日は長い――ときたかね」

上手いな、カセグヨは。カイナシの駄々川柳とはまるで違う。カイナシ、全く気付いてもいないのだから。

「しかし、漱石で思い出したが」

と、カセグヨは開いたままの新聞をチラッと見て、

「この新聞、少し前の話だが創刊百二十周年とかで出っ歯の先生が寄稿していた。この新聞には四人の偉大なる作家がいる、とね。二葉亭四迷、夏目漱石、石川啄木、そして松本清張。出っ

歯さん、いくら百二十年だからと言ったって嘘言っちゃいけないね。四迷、漱石、啄木はそれぞれその新聞社の社員時期に病死しているから構わんが――おや？　妙だな。三人とも社員時代に死んでるぜ。面白いね、これは――。エートだ、構わないがだ、清張は違うよ。彼は小説を書くために新聞社を辞めたんだぜ。小説を書くために入った漱石とは大違いじゃないか」

パイプを詰め替えようとしたカイナシにカセグヨはコーヒーのお代わりを注文した。

「ワンインエン、ワンインエン」

と鳴いたが、やはりカセグヨには通じない。

「おい、ロボ君。一体何が言いたいんだね。嘉比、どうせお前は閑なんだから、ロボ君に発声練習させなきゃいかんよ」

すると三種のインスタント・コーヒーの量を測っていたカイナシが呟いた。

「我が意を得たり、と言ってるんだよ」

飼い主は飼い犬に似るとか。いつしかカイナシも僕の発音に馴染んできたらしい。まさにそう言ったんだ。二人は二杯目のコーヒーをすすり、僕にはコーヒー抜きの砂糖湯。

「ゴルフ止め漱石に凝る降る雨や――」

またもカイナシ、つまらん川柳――いや、待てよ。凝る降る？　なるほど、ゴルフか。なかなかやるな、と思ったら、カセグヨも続けた。

「降る雨や漱石濁る風来坊――」

ときて腕まくりする。かなり意気込んでいるようだ。

「その出っ歯先生の寄稿文を読んでいて思ったね。漱石が新聞社に入社したのは間違いだったと。既に当時の読者からもそう指摘されていたんだ。[b]『漱石の小説はまとめて読むべきものなり新聞にて日々読めばつまらぬ故漱石の名を損するのみ早く退社せよ』。読者からこう言われたと記してある。しかも漱石自身『至極同感に御座候』と言ってるんだよ。同感しながらなぜ辞めない？『退社して単行本ばかりでは食へないから矢張り新聞小説をかく積りに候』とくるんだ」

「そりゃ、人間食わねばならんからな」

自分よりすごい漱石通を前にしてカイナシ、どうやら意気消沈気味。

「食うって、毎日旨いものばかりを食いたいのかい？　鷗外が言っているよ。『こう云う文士はぜひとも上流階級と同じような物質的生活をしようとしている』とね」

「驚いたな。お前、森鷗外にも詳しいのか？」

「いいや。この間『諸国物語』を読んでたら、そう書いてあったのでね」

「あれは翻訳物だろう。鷗外自身の言葉じゃないぜ」

「そりゃそうだが、しかしだね、漱石自身が言ってるんだぜ。[c]『新聞雑誌に己れの作物を公けにしたり』するものは『既に堕落した芸術家である』と」

「そりゃ若い頃にはそんなことも言ったかも知れんが」

例の新聞嫌いを思い出してかカイナシが呟いた。

「違うよ。死ぬ四年前のものだ。自分は既に堕落した作家だ、と言いたかったんだな。死ぬ前年の『硝子戸の中』でも[d]『私は電車の中でポッケットから新聞を出して、大きな活字丈に眼を注いでゐる購読者の前に、私の書くやうな閑散な文字を列べて紙面をうづめて見せるのを恥づかしいものゝ一つに考へる』と書いているんだ」

確か『文学論』の序にも閑文字というのがあったな。

「閑散な文字とはだね、例えば『坑夫』を見ればすぐにわかる。あれは新聞掲載が九十一日分の作品だ。その九十一日の間に小説で描かれた日数は何日だと思う？　二日間の記録なんだよ。もっとも最後の三、四日の掲載分であと二日分を記しているがね。二日間の出来事を八十七、八日かかってダラダラ記した。これが閑散な文字だ。漱石自身『小説もかうだら〳〵では読者より著作者の方が先へ参り候』と手紙に書いている。このダラダラ『坑夫』の後に出た『文学評論』には[e]『書かないで済む事、書いて邪魔になる事、余計な事、重複する事を、遠慮なしに書いて』いる作品は『小説とは云はないで、日記とも覚帳とも報告書とでも名づけるが可い』と言っているんだぜ」

なるほど。『猫』にも吾輩の主人の二六時中の奇言奇行を逐一読者に報知する根気はない、とあった。二日間の記録は二日間の掲載で十分だろう。八十九日分は余計というものだ。

「同じものが他にもある。『彼岸過迄』を読んでみろ。柴又帝釈天で二人の男が鰻の蒲焼を食いながら話す。一人の男の話が一点の切れ目もなく掲載三十五日なんだぜ。ベラベラベラベラ、男のくせによく喋るもんだよ」

「長い話なら鏡花だってやってるぜ。『高野聖』なんて全編宿屋での坊さんの話だ」

ここへきてカイナシやっと反論の機会を得たようだが、カセグヨ、まるで鏡花は無視。

「話だけじゃない。『行人』を見ろ。一つの手紙で締めてあるが、その手紙の掲載日数は二十五日だよ。いや、『こころ』はもっと多い。一本の手紙を載せるのに五十六日だ。そんな長い手紙なんてあるかい？　幾らの切手を貼ったのかね。当時は黒ネコなんてなかったんだから」

黒猫？　あの猫君が手紙を運ぶの？

「君、ウィルキー・コリンズって知ってるかい？」

突然カイナシがさも自慢げに尋ねる。

「何だって？　ウイスキーを懲りずにやる奴かい」

天下のカセグヨにしてはまずい洒落だ。カイナシ、ニンマリ。

「『白衣の女』って推理小説の傑作があるがね、あれに、八十八ページにわたる日記がある。もちろん、一日の日記がだ」

ウーム、この間のカイナシの日記も長かったが――。僕なんかの日記は川柳ひとつでOKだ。それを聞いたカセグヨ、優勢挽回を企てたのか、突如本箱へ走って漱石全集の一冊を持ってきてワープロに向かった。カイナシ、オカキを皿に盛ってポリポリポリポリ。手持ち無沙汰に窓を見上げ、ポリポリ合間に鼻歌を歌っている。例の『公園の手品師』だ。雨はすでに小やみになっている。

「面白いものを見せてやろう。みんな『明暗』だよ」

カセグヨは打ち上がったワープロ画面を示したが、カイナシはただポリポリ鼻歌。僕は興味しんしんと覗き込んだ。

『其話を実は己は聞きたくないのだ。然し又非常に聞きたいのだ』
『お延は其所で又夫人に合ふ事を恐れた。然し合つてもう少し突ツ込んで見たいやうな気もした』
『お延は何んな犠牲を払つても、其後を聴かねば気が済まなかつた。然し其後は又何うしても聴いてゐられなかつた』
『お延から見た此主人は、此家に釣り合ふやうでもあり、又釣り合はないやうでもあつた』

『事実をいふと、彼女は堀を好いてるやうでもあり、又好いてゐないやうでもあつた』

『彼はお延を愛してもゐたし、又そんなに愛してもゐなかつた』

『其所を確かめて見ようかと思つた津田は、すぐ確かめても仕方がないといふ気を起して黙つて仕舞つた』

『或はさうかも知れない。或はさうでないかも知れない』

『まあ可かつたといふ感じと、何だ詰らないといふ失望が一度に彼の胸に起つた』


あまりにも面白いので僕はカイナシのズボンをくわえて画面まで引っ張ってきた。カイナシ、大儀そうに画面に目を落として言う。

「どうってことない。人生すなわち玉虫色って訳さ」

「タマムシ？　お前みたいな嫁さんなしのタマナシにそんなこと言う資格ないぜ。要するにだ、先生の作品がグダグダ長くなる原因はこれなのさ」

「玉有りや玉虫けなす愚だ愚だと――」

カイナシが呟くとカセグヨがやり返す。

「魂げたる高給新聞玉の輿――まだ続きがある。エート。――愚駄愚駄作れど貰うは賜物」

よくわからんが僕もやろう。タマタマに我は存ぜぬ何のタマかは――。

「それはともかくだ」とカセグヨは続ける。

「もう一つ大きな原因がある。漱石が『断片』に一行だけ記している『新聞小説の運命』というやつだ」

「♪ダダダ・ダーン！　♪ダダダ・ダーン！」

何を叫んでいるんだ、カイナシめ。全く奇妙な飼い主だよ。

「新聞社は連載中の作品をもっと長く続けろと催促してくる。『こころ』の時でも『小説についての御教示は承知致しました。可成「先生の遺書」は長く引張ります』という返事が残っている。伸ばしたり縮めたり変幻自在。これが新聞小説の運命なのさ。だから先生の作品はよく読んでみると奇妙なものが多いんだよ。この『こころ』もそうだ。ある青年が記した形になっている。冒頭に『私は其人を常に先生と呼んでゐた』とある。『私が先生々々と呼び掛けるので、先生は苦笑ひをした』ともある。要はこの男、学校や病院のいわゆる先生じゃない。何の仕事もしていない有閑人にすぎないんだ。ところがだ、この男の奥さんの台詞がいただけないね。『先生は私を離れゝば不幸になる丈です』とか『私は今先生を人間として』とか『先生は世間が嫌なんでせう』とか言う。そんな馬鹿な話あるかね。ただ書き手の青年だけが先生と呼んでいるだけの遊び人をだよ」

「そりゃ漱石が生涯先生と呼ばれていたから、ふと間違ったまでさ」

「まあ世の中は、お前みたいな甲斐性なしでも先生と呼ばれる時代だから偉そうにも言えないがね」

と、いつも偉そうにしか言えないカセグヨはさらに偉そうに続ける。

「漱石のこんな句を知ってるかい？　『堅き梨に鈍き刃物を添てけり』」

「そんなくだらん句は知らん。鋭きならわかるがね」

「梨が鈍いと言ってるんじゃないぜ。お前も妙なところで我を張る堅い梨だな。ところで、漱石の先生ぶりだがね、新聞社に入ってまで先生と呼ばれていたことにこそ問題があるんだ。鷗外は既に見破っている。『友人等はこの男を「先生」と称している。たしかに尊敬する意味もあるが、冷かす心持もある』とね。これも『諸国物語』だが、この鷗外は医学者だったから生涯先生でいいのさ。ところが漱石は喜んで学校の先生を辞めちまった。それなのにその後も先生、先生だ。これが大誤算だったんだよ」

　ノッペリの堅き梨でも先生よ――とくらぁ。

「もともと漱石は学校の先生稼業しか出来ない男だったんだ。小説家ほどいやな仕事はない、と言っているんだから。道楽だから下らぬことを書いているが、職業となったら教師だ、と断言していたのだ。その下らぬ道楽が大傑作を生みだした。ところが、嫌だった小説家になったとたん駄作家になってしまったのだよ」

「駄作とはひどいことを言うな。日本文学論でも読んでみろ。『道草』や『明暗』なんて大傑作とされているじゃないか」

「小説は文芸評論家のために書くものじゃない。評論家がいくら誉めたって読む一般人が面白く思わなければ、一般人にとっては駄作なんだよ。そうだよな、ロボ君」

　そりゃそうだ、と答えたかったが「ソンソンダン」くらいにしか聞こえなかろうと思い、ただ黙って頷いた。

「あの生涯先生だった鷗外には弟子なんか一人もいない。であるのに先生をやめて小説家になった漱石には何人弟子がいるかね？　我も弟子なり、彼も弟子なり、だ。そもそも、弟子を教えるなんてことは先生の仕事なんであって、絶対に小説家の仕事ではない」

　とは言うけれどカセグヨさん、我がノッペリ先生には、弟子など一人もおらんよ。

「先生ならばだ、教えることは学校でやれた。だから小説を書く時には遊び心で出来る。ところがその先生を辞めてしまった。つまり、教える教壇を捨てた訳だ。しかるに漱石、教えることの大好き人間。だが、今や教壇はない。さて、どうしよう？　漱石、しばし戸惑ったがすぐ結論を出した。よし、これからは小説で教えよう。こう考えてしまったんだな。だから先生を辞めてからの小説は全く面白くなくなってしまった。遊び心ではなく、教える心で書いているからだよ。『作者は我作物によつて凡人を導き、凡人に教訓を与ふるの義務がある』と言うんだからね。そんな作品が我々凡人に面白い訳ないじゃないか。漱石の主人公は、ほとんど全てが東大生か東大卒業者だ。後期の漱石作品を傑作と称するのは東大卒のお偉方評論家だけだよ」

「そりゃここは日本だからな。重要なことはすべて東大に決まっているよ。だから俺は重要なことにはトンと興味が乗らんのさ。最近なんか美人アナウンサーといえばみんな東大卒だ。だからテレビなんて見るのも嫌だね」

で、重要な選挙には行かず、まるで重要でないイタガースにのめるって訳かね、と思っていたらカイナシはまだ続ける。

「テレビは嫌だが新聞ときたら休刊だ。そもそも日本の大新聞は重要な記事を報道する情報紙じゃない。部数を伸ばす競争紙に過ぎない。世界の新聞を見ろ。みんな少部数だ。明確な主義主張、これで精いっぱいやってるから部数のことなど考えちゃいないよ」

何だか世界中廻ってきたような言いぐさだが、カイナシ、僕と同様一度も海外に出たことはないはずだ。まあ日本に吸い付いてる牡蠣みたいなもんだ。

「難しい主義主張とはチョット違うが」

と、カセグヨが割って入る。

「現代の新聞じゃそのうちに読者はみんな逃げてしまう。それは間違いない。現に既にある新聞は夕刊を廃止してしまっているじゃないか。誰か研究している奴はおるのかな」

「研究って、何を?」

「漫画新聞さ。今の若者は漫画しか見ない。読む文字といや電子メールの文字くらいのものだろう。その若者もいずれは所帯を持つ。その所帯では今のような新聞は不要物だ。そうなれば新聞社はつぶれる。いまさら新聞の一つや二つ、つぶれてもどうってことないかも知れんが、もしつぶされたくないのなら、漫画新聞発行しかない。殺人事件はもちろん政治問題、国際情勢、経済記事、全て全て漫画で報道する。それ以外に道はない」

「漫画でそんなこと出来ないよ」

「何を言う。岡本一平って漫画家、知ってるだろう。あの大阪万国博の岡本太郎のオヤジさんだ。その一平さんに九十年前に漱石が言っている。漫画は『其日々々の出来事を、ある意味の記事同様に描き去る』べきだと。九十年前に漱石がそう言っているのに、日本の大新聞は今に至るまで素知らぬ顔だ。そもそも、発生時の新聞を見てみろ。あらゆる事件をカラー印刷の錦絵でやってたんだ。迫力満点だったはずだ。残念なことに、そこへ文字文化が割り込んできて結局錦絵新聞は廃刊になってしまった。しかしだ、割り込んできたその文字文化も、どうやら百年で終わってしまったようだ。終わったからには原点に戻るしかない。錦絵にだよ。その錦絵を現代に置き換えたのが漫画なんだ。錦絵新聞が文字新聞に代わり、文字新聞は漫画新聞に移る。こういう訳だ。だがね、俺は漫画新聞を発行するような立場にはいない。そこで、せめて新聞広告だけでも漫画化せねばならんと、目下大研究中なんだ」

なるほど、テレビでは漫画広告つまりアニメ広告はよく見るが、新聞で漫画広告はあまり見掛けない。時たま実にクダラン小品はあるが、あれでは若者も見ようともしないだろう。カセグヨさん、バリバリ研究すべきですよ。

「そもそも漱石は」

話は漱石からそれたと思ったが、カセグヨ風来坊、あくまで漱石を濁そうとする。

「『吾輩は猫である』の作者だったんだ。『坊つちやん』の作者だったんだよ。あれらは完璧な漫画文学だった。漱石は既にあの時代に漫画世界を目指していたんだ。お孫さんの夏目房之介氏が立派な漫画コミュニケーターになっている事実を見ても、金之助爺さんが漫画文学者だったことがハッキリわかる」

孫を見て、その爺さんを診断する方法ってあったかな?

「あの新聞社も漱石に漫画文学を期待していたんだ。『草枕』を読んで感動したお偉いさんが高給で招いたという。その『草枕』も漫画文学の傑作だった。ところが入社すると『門』だの『行人』だの『道草』だのだ。新聞社もアテが外れたが、一番辛かったのは漱石自身だ。『硝子戸の中』で書いているよ。『今迄書いた事が全く無意味のやうに思はれ出した。何故あんなものを書いたのだらうといふ矛盾が私を嘲弄し始めた』とね」

「今まで書いたことと言えば『猫』も『坊っちゃん』もかい?」

「それは含まれてはいない。漱石が言いたかったのは新聞紙上に書いたものという意味さ。『猫』などは自分自身で[j]『天下の一品だ』とか『皇室と宮家へ一部宛献上しやうかと思ふ。宮様抔はちと猫を御覧になつたらよかろう』なんて自讃しているんだから」

僕はその話を聞いて急いで『漱石の思ひ出』をくわえてきた。しきりにページを鼻で繰ってからカセグヨに見せた。

「何だ、ロボ君。こんなものまで知ってるのか」

と、僕の頭を撫でながら読んで呟いた。

「ロボ君の大手柄だよ。これは奥さんの証言だ。『「[k]坊っちゃん」「草枕」などといふ比較的長いものでも、書き始めてから五日か一週間とは出なかつたやうに思ひます。多くは一晩か二晩位で書いたかと覚えて居ります』とあるよ。『それが晩年になりますと、書けなくなつたのか、書きづらいものを書いたせいか（略）山のやうに書き損ねの原稿紙を出して』。なるほど、書き損じね」

「別にロボ太の手柄じゃないよ。俺がその本は面白いと教えてやったまでだ」

飼い犬が誉められるのが嫌なのかね。気の毒なカイナシが続ける。

「漱石だって、やっつけ仕事じゃいけない、より立派な芸術に迫らねばと、一字一句添削しながら書いていたから書き損じが出ただけだ。だから世間の評判はお前の言う漫画文学の方が高いのかも知らんが、芸術的観点では後期の作品の方が圧倒的なんだよ」

「芸術ならばすべて立派なものだとでも言いたいのかね。ここに有名な台詞がある。よく聞き給え。『芸術が職業となる瞬間に於て、真の精神生活は既に汚されて仕舞ふ』。誰の台詞だ？　そうだよ、漱石さ。漱石がずるいのはこういう点なんだよ。『書物を書いて売るといふ事は、私は出来るならしたくない』。そう言いながら次々と売り歩いていたのが漱石だよ。自分で自分の汚さを知っている。だから『それから』では『衣食に不自由のない人が、云はゞ、物数奇にやる働らきでなくつちや、真面目な仕事は出来るものぢやない』と断言しているんだ」

「何しろ七人の子供があったんだからな。衣食も大変だよ」

「そりゃお前は気楽なものさ。たった一人の衣食でいいんだから」

一人だって？　やむなく「ワン」と鳴いた。

「おや、ロボ君。失敬、失敬。だけど君には衣は不要だ。食だけだよな。だから嘉比は不自由のない人のはずだ。はずなのに、物好きに何の働きもしないんだからな。俺など二人の子持ち、二人とも大学生。女房はエステだのグルメだのと金ばかり使う。俺が不自由のない人だったら、ものすごい物好きをやるんだがね」

「金遣いの荒い女房に子供。そんなの持って困るなんてことを自業自得と言うのさ。自縄自縛の方がピッタリかな」

「そうだよ。自業自得に自縄自縛。漱石はまさにそれだったんだな。かつては志士のような気持ちで文学をやる、と言明していたんだ。そうでないと『難をすてゝ易につき劇を厭ふて閑に走る所謂腰抜文学者の様な気がしてならん』と。高給で新聞社に入社、言い換えれば、易について閑に走るだ。こんな腰抜文学者に傑作など作れる訳ないよ。少なくとも傑作漫画文学はね。そうだろう？　教師を続けて難の中で劇を求めて小説を書いていたら、そうだな、例えば――」

そう言ってカセグヨは僕を見つめて呟いた。

「『名犬は笑う』なんて傑作が出来ただろうに」

僕はあわてて「ケンケン、ケンケン」と鳴いてやった。

「ロボ君、何言ってるんだい？」

カイナシが面倒臭そうに答えた。

「見当違い、見当外れと言ってるのさ」

何を偉そうに！　それこそまさに見当違いの見当外れだ。「賢犬」だよ。単なる名犬なんかじゃない。「賢犬」だ！

「まあ、何だな、教師時代は漫画文学、新聞時代は教師文学。全く逆のことをやったのだね、漱石先生。教師辞め新聞作家教師風——だよ。そりゃそうと」

と、カセグヨは窓を見上げる。すっかり雨は上がった。もう昼もだいぶ過ぎている。

「衣はともかく食が不自由になってきたよ。腹減ったぜ。駅前のラーメンでも食いに行こう。帰りにロボ君には焼売《シューマイ》買ってきてやろうじゃないか」

つまらなさそうに見送る僕を残して二人は出かけて行った。僕はオシッコがしたくなって雨上がりの芝庭へ出た。雨だったせいか、秋なのに尿杭がユラユラ陽炎みたいに揺れている。漱石先生の名句を思い出した。

『芝草や陽炎ふひまを犬の夢』

僕は夢など見たことないが、漱石先生は夢を見たそうだ。

『河豚《ふぐ》汁や死んだ夢見る夜もあり』

やはり先生、死んだ夢なんて、どこか気が咎めていたのかな。まあそれにしてもまだ、フグはともかく焼売が待ち遠しいね。焼売や生きた夢見る昼もあり——か。

a 『日本人ヲ観テ支那人ト云ハレルト厭ガルハ如何、支那人ハ日本人ヨリモ遥カニ名誉アル国民ナリ、只不幸ニシテ目下不振ノ有様ニ沈淪セルナリ』一九〇一年『日記』

b『先達てある書生が書を寄せて漱石の小説はまとめて読むべきものなり新聞にて日々読めばつまらぬ故漱石の名を損するのみ早く退社せよとありたり。小生も至極御同感に御座候。然し退社して単行本ばかりでは食へないから矢張り新聞小説をかく積りに候』一九〇八年 中村蓊宛手紙

c『新聞雑誌に己れの作物を公けにしたり、展覧会にわが製品を陳列したり、凡て形跡の上から、憐れむべき虚弱な自己を、社会本位の立場に投げかけて単に其鼻息をうかゞつてゐる芸術家は、本来の己れとは無関係であるべき筈の、毀誉なり利害なりを目的に努力する点に於て、或はしか努力するのではあるまいかと疑ひ得る隙間を有つてゐる点に於て、既に堕落した芸術家である』一九一二年「文展と芸術」

d『私は電車の中でポツケツトから新聞を出して、大きな活字丈に眼を注いでゐる購読者の前に、私の書くやうな閑散な文字を列べて紙面をうづめて見せるのを恥づかしいもの丶一つに考へる。是等の人々は火事や、泥棒や、人殺しや、すべて其日〳〵の出来事のうちで、自分が重大と思ふ事件か、若しくは自分の神経を相当に刺戟し得る辛辣な記事の外には、新聞を手に取る必要を認めてゐない位、時間に余裕を有たないのだから。――彼等は停留所で電車を待ち合はせる間に、新聞を買つて、電車に乗つてゐる間に、昨日起つた社会の変化を知つて、さうして役所か会社へ行き着くと同時に、ポツケツトに収めた新聞紙の事は丸で忘れて仕舞はなければならない程忙がしいのだから』一九一五年「硝子戸の中」

e『書かないで済む事、書いて邪魔になる事、余計な事、重複する事を、遠慮なしに書いて、是が写実だと云ふならば、其写実とは外に何の意味も有してゐない、たゞ小説になつてゐないと云ふ事になる。小説にならない所が写実だらうと威張るならば、もと〳〵小説を一頁でも書くのが間違つてゐる。小説と

は云はないで、日記とも覚帳とも報告書とでも名づけるが可い。実際天下に報告書より写実なものはないのである』一九〇九年「文学評論」

f『御手紙の趣承知しました。十五六日迄つなげ候』一九一二年 朝日新聞社内渋川柳次郎宛手紙

『いざとなれば先生の遺書の外にもう一つ位書いてもいゝのですがどつちかといふとあれで一先づ切り上げたいと思つてゐます』一九一四年 朝日新聞社内山本松之助宛手紙

『小説についての御教示は承知致しました。可成「先生の遺書」を長く引張りますが今の考ではさうくはつゞきさうもありません』一九一四年 朝日新聞社内山本松之助宛手紙

g『僕は小説家程いやな家業はあるまいと思ふ。僕なども道楽だから下らぬ事をかいて見たくなるんだね。職業となつたら教師位なものだらう』一九〇五年 野村伝四宛手紙

h『作者は我作物によつて凡人を導き、凡人に教訓を与ふるの義務があるから、作者は世間の人々よりは理想も高く、学問も博く、判断力も勝れて居らねばならないのは無論のことである』一九〇六年「文学談」

i『漫画といふものには二た通りあるやうです。一つは世間の事相に頓着しない芸術家自身の趣味なり嗜好なりを表現するもので、一つは時事につれて其日々の出来事を、ある意味の記事同様に描き去るのです。時と推し移る新聞には、無論後者の方が大切でせう』一九一四年「探訪画趣」序

j『然し僕の猫伝もうまいなあ。天下の一品だ』一九〇五年 寺田寅彦宛手紙

『此次は皇室と宮家へ一部宛献上しやうかと思ふ。宮様抔はちと猫を御覧になつたらよからうと思ふ。(略) 皇太子や宮様が文学を御読みになつて其主意がわかる様に書いて上げなければならん』一九〇六

年　若杉三郎宛手紙

k『「坊ちゃん」「草枕」などといふ比較的長いものでも、書き始めてから五日か一週間とは出なかつたやうに思ひます。多くは一晩か二晩位で書いたかと覚えて居ります。（略）傍で見て居るとペンを執つて原稿紙に向へば、直ちに小説が出来るといつた具合に張り切つて居りました。だから油が乗つてゐたどころの段ぢやありません。それですもの書き損じなどといふものは、全くといつていい程なかつたものです。それが晩年になりますと、書けなくなつたのか、書きづらいものを書いたせいか、或は妙にこりゝ出したのか、ともかく私にはよくその辺のことはわかりませんが、山のやうに書き損ねの原稿紙を出して、後でそれに手習なんかをして居りました』夏目鏡子「漱石の思ひ出」

l『たまく芸術の好きなものが、好きな芸術を職業とする様な場合ですら、其芸術が職業となる瞬間に於て、真の精神生活は既に汚されて仕舞ふのは当然である。芸術家としての彼は己れに篤き作品を自然の気乗りで作り上げやうとするに反して、職業家としての彼は評判のよきもの、売高の多いものを公けにしなくてはならぬからである』一九一一年「思ひ出す事など」

m『一体書物を書いて売るといふ事は、私は出来るならしたくないと思ふ。売るとなると、多少慾が出て来て、評判を良くしたいとか、人気を取りたいとか云ふ考へが知らずくに出て来る。品性が、それから書物の品位が、幾らか卑しくなり勝ちである』一九一四年「文士の生活」

n『僕は一面に於て俳諧的文学に出入すると同時に一面に於て死ぬか生きるか、命のやりとりをする様な維新の志士の如き烈しい精神で文学をやつて見たい。それでないと何だか難をすてゝ易につき劇を厭ふて閑に走る所謂腰抜文学者の様な気がしてならん』一九〇六年　鈴木三重吉宛手紙

第七章「柩の前で万歳を唱へてもらひたい」

『何となく寒いと我は思ふのみ』

『うつむいて膝に抱きつく寒哉』

また僕の下手な川柳を記していると思われるかも知れないが、違うんだな。漱石先生の名句だよ。やはりうまい。いまの僕の気持ちにピッタリだ。

十二月九日。カイナシの誕生日なんだそうな。昨日の夜、カイナシが何やらすごい顔付きで日記を書いていた。どうせたいしたことを記すはずもなかろうが、少しいつもとは違う雰囲気。

で、チラッと覗いてみた。詳しくは見えなかったが「明日、貴重なる誕生会なり」との文句が読めた。何てことはない。少々派手なパーティでもやるのだろう。別に取り立てて覗かねばならんほどの記述でもあるまい。人様はいいね。僕などは自分の誕生日も知らない。何でも薄暗いじめじめした所でキャンキャン泣いていたことだけは記憶している――ウン、どこかで見たような台詞？　それはともかく、カイナシ、よくもまあこんな寒い日に生まれたものだ。どこかいじけた感じがするのは、多分生まれた日がものすごく寒かったせいに違いあるまい。パーティには何人か集まるのだろう。オセワヨが台所でコトコトやっている。カイナシはパイプのキャビネットから一本取り出して磨き始めた。八、九本あるが全て英国の３Ｂなんだそうな。英国って安物造りの国なのかな？

「あら、開尾さん、いらっしゃい。さあ、どうぞお上がりになって」

オセワヨの声にアクビがニヤニヤ上がってくる。背広のポケットが妙にふくらんでいる。カイナシ、パイプをウットリ眺めながら、

「どうだい、ボーナス」

と気のなさそうに聞く。気のないのも当然。自分にはボーナスなんてありがたいものはないんだから。

「お前のパイプほどには光らんさ」

そりゃあこのパイプの方が立派だとでも言いたいのか、カイナシは大きくうなずいて、

「そもそもボーナスってやつは利子を添えて貰うべきものだ。もともと六カ月前に貰うはずの給料の一部じゃないか。それを経営者に預けてあるんだ。五カ月前の分、四カ月前の分という風にさ。その間、奴等にどれほどの利子が入っているか計算してみろよ」

「加勢さん、いらっしゃい」

とオセワヨ。

「何を計算するんだい。開尾は知らんが、嘉比に計算せにゃならんほどの貯金もあるまい。いや、これはお姉さん、失礼なことを――」

と、カセグヨが小さな花の鉢をかかえて上がってきた。

「何だい、その鉢。お前が花だなんて」

とカイナシ。

「ハナ持ちならんことをするな」

とアクビ。

「よく見ろ。この花、茎がうんと長いだろう。嘉比のために買ってきたんだ」

「なるほど。ハナの下を長くしろって訳か」

そう言ったアクビにカイナシが妙なことを呟いた。

「俺も今日から少しは長くするかな。ハナの下でもさ」

アクビはそんな呟きには耳もかさず、ポケットからふくらんでいた物を取り出した。サイン入りの野球ボール。

「俺もこれを進呈しよう。イタガースのA選手。俺のところが協賛した毎年恒例の優勝断念会で手に入れたのさ」

「あら、四苦八苦ね」

皿に盛りつけていたオセワヨが笑う。三人と僕、けげんな顔。

「だって、そうでしょう。梨男は今日で四十九。そこへ花の鉢と野球のボール。シクハチキュウじゃないの」

オセワヨ、おぬしもなかなかやるのう、と思っていたら玄関で、ごめんください、の声。

「あっ、来たな。俺の生徒だよ。さあ、上がれよ」

 カイナシの声がいつになく妙に弾んだ。何をはしゃぐのかと玄関を見ると、例のサカンと、もう一人かなり気の強そうな若い女。

「伊野君と左東君だ」

カイナシが二人の友人に紹介した。なるほど、これが伊野多和子か。いわゆる別嬪さんじゃないが、どこか男を惹きつける顔立ち。それでいて、誰であろうと絶対拒絶という面構え。僕の予想通りのイヽヤヽダヽワヽだ。

ささやかなパーティが始まった。今日は肉ジャガではない。サラダ、串カツ、ソーセージ、ハム、チキンカツ、手巻き寿司、刺身等々なかなか贅沢なもんだ。全部がオセワヨの手作り料理じゃないけれど、焼売と餃子があるのも気が利いている。酒は例の発泡酒と薩摩の焼酎、それに老酒。さらにオセワヨのご主人が歳暮に貰ったばかりのヘネシー一本。警官やっているとこんな高級酒がいくらでも貰えるのかな？　僕はやはりミルクがいい。オセワヨが一品ずつお皿に盛ってくれていたが、もう一皿、焼売と餃子を何個か乗せてカイナシが差し出してくれた。ありがたいね。持つべきは良き飼い主なり、か。

オセワヨも交じり談話飲食がかなり進んだ頃、イヤダワがバッグから包みを取り出す。

「先生、これあたし達二人からのお祝い」

きれいなネクタイ。でも、カイナシのネクタイ姿は見たことないな。

「ね、素敵でしょう。何がいいかなって二人でずいぶん考えたのよ」

「でね、シックなネクタイに決めたんですよ。四十九と聞いたもんですから」

サカンまでもが駄洒落に染まっている。駄洒落では面も浮かれぬシャレコウベ——。

「弱ったな。俺がいつもポロシャツなのは君たちも知ってるだろう。だいたい、ネクタイが男の短命の原因だとあの偉そうな知事が言ってたぜ。『太陽の季節』の」

オセワヨがそんなカイナシの言葉をさえぎり、二人に謝りながら、

「お見合の時にいるじゃないの。こんなシックなのを締めてたら成功間違いなしよ」

と、カイナシの首もとに下げてみて、ニッコリ。

「あら、先生、お見合なさるの?」

イヤダワの声にカイナシ、大慌てに「違う、違う」と首を振る。何もそんなに慌てることもあるまいに。

「そう言えば、先生、お見合が一番いい方式だってこの間言ってらしたわね」

はしゃいで喜ぶイヤダワの言葉を聞いたカセグヨ、

「嘉比、お前、そんなくだらんことを教えてるのか。もっとましなことを教えなきゃ。例えばだな、今日は何の日かってことなどを――。お前の誕生日なんて、お姉さんには申し訳ないが、何の意味もないからな」

オセワヨも、

「そうよ。まるで意味なしよ」

とうなずく。ここへ来てカイナシの慌て振りはどうにか収まったようだ。

「忠臣蔵の日じゃないかな。この間からテレビでよくやってますよ」

サカンが老酒に砂糖を混ぜながら言う。

「違うわ。パール・ハーバーの日よ。そうでしょう?」

イヤダワがヘネシーのグラスを両手にはさんでカセグヨに首をかしげる。

「バースデイパール・ハーバー内蔵助いずれが師走の九日なりや——」

と唸るアクビはもっぱら焼酎ばかり。

「誰も知らんのか。命日だよ、命日。夏目漱石」

カイナシ、それなら知ってるよという顔つき。僕は知らなかった。

「お姉さんから出たろう。四苦八苦って。あれこそ漱石の人生だったんだ。生、老、病、死、愛別離苦、怨憎会苦、求不得苦——あと一つは忘れたが、苦しい一生だったんだ」

何だかカセグヨには一苦もないような口振り。

「あなたはボーナスたくさん貰って四楽八楽ね」

オセワヨがからかうと、アクビが受ける。

「楽あれば苦あり悪銭身に付かず——」

ジロリと睨んだカセグヨ。

「苦は苦でも吾が苦しみは千辛万苦——。わかるかい? 専心バンク、銀行に専心だよ」

今度はアクビが睨み返す。

「パンクして専心バンク落ちにけり椿の如くポタリポタリと——」

シャレコウベ達、いい加減にしたまえ。耳が痛くなるぜ。二人いずれも発泡酒をグイッと飲んで笑い合う。

「ところで君達」

もう一息飲み込んでカセグヨが聞く。

「漱石はいくつで死んだと思う?」

突然問われて戸惑ったサカン、やおらポケットからお札を取り出して見つめた。

「そうですね。この顔じゃ——?」

イヤダワも覗き込んで、

「嘉比先生が四十九でしょう。だったら、そうね、この顔じゃ六十七か八。きっとそうよ」

「嘉比と同じ四十九歳」

カセグヨの声に二人顔を見合わせる。黙っていたカイナシ、

「加勢も開尾も俺も四十九。みんなこれまで何もしなかったが、漱石は四十九までに全てをやってしまったんだ。だがな、これからでも何かを始めるぜ。少なくとも俺はな」

そう言ってなぜかイヤダワをチラッと見た。どうも今日のカイナシは妙だな。カセグヨはそんなカイナシには目もくれず、

「そうさ。人間誕生日ごとに偉くなっていくんだよ」

「誕生日今年駄目なら次があり――」

アクビの駄川柳にイヤダワが割って入った。

「次のことなどどうでもいいわ。それよりその漱石さん、どうして嘉比先生の歳で死んじゃったの？」

カセグヨがみんなの顔を見回し、囁くように言う。

「ここだけの話なんだがね、あまり長生きして欲しくないような空気があったんだよ」

「誰？　そんなこと思ったの――あら、まさか奥さん？」

イヤダワが目をパチクリさせて言う。

「浮気したささに亭主を死なすって訳かい。それとも旦那に高額保険を掛けてたからかい。今の若い女はくだらん発想しかしないな。いや、俺の娘のことだがね」

アクビがいまいましそうに呟く。

「ギリシャ時代の人も、今の若い奴は、と嘆いたそうですね」

サカンの呑気そうな呟きにアクビは黙ってしまう。

「それはともかくだ、勤め先にそんな空気があったんではないか。俺の推理だがね」

と、カセグヨ。

「勤め先って、新聞社？　それは面白いな。是非その推理小説聞かせてくださいよ」

サカンがカセグヨに焼酎を注ぎながらうながした。

「小説ってほどのものじゃないが、ヨーシ、命日にちなんで一丁やってみるか。その前にチョットお手洗い」

そう言っていそいそトイレに向かった。例のアサガオだろう。つられて僕ももうすっかり枯れている芝庭へ出て気持ちよく杭にひっかけた。まだカセグヨが戻っていないのを確かめ、隣の本棚の部屋を覗いた。あったあった。本棚の横にカイナシ日記。隣の騒ぎを気にしながらザッと昨日の文に目を通した。今は忙しいから引用しない。居間へ戻るとちょうどカセグヨがポケットから何枚かの紙を取り出したところだった。ワープロ文である。一丁やってみるも糞も、チャント用意してるんだよ。

「そもそもだ、漱石をA新聞に入れたいと考えたのは大阪本社のお偉いさんだった。是非とも大阪本社に入社させたいと、その交渉を東京の池辺三山という男に頼んだ。池辺は、漱石は根っからの東京人だから大阪などへは絶対に行くはずはないと踏んで、大阪のことは伏せ、入社だけを漱石に懇願した。[a]漱石はこの池辺を西郷隆盛のようなすごい人物だと感じ、喜んで入社を承諾したんだよ」

「大阪本社って？　本社は東京でしょう」

イヤダワのしゃれた服装を見ると、かなりの東京好みだな。カイナシ向きじゃないよ。

「そう言やあの新聞社、大阪と東京はものすごく仲が悪いんだよ」

カイナシ、イヤダワに向かってさも得意そうに言う。

「ずいぶん前だが、まだ会社にいた頃、あの新聞社からパンフレットのデザイン依頼を受けた。俺は表紙のモチーフに社旗を使うことに決めた。知ってるだろう、あの旗？」

「マラソンの時に振るやつですね」

サカンの言葉にアクビが添えた。

「我が社旗は帝国海軍いざ進め——」

「その旗を使ったんだ。社名を左にしてパッと右側へ光の帯。待てよ——逆だったかな。忘れてしまったが、実はそれが問題だった。その傑作な表紙デザインを大阪本社に提案した。感嘆の言葉を浴びると思いきやだ、『馬鹿野郎！　敵の旗使ってどういう気だ！』。これでその新聞社への出入り差し止めさ」

「敵の旗って？」

「東京本社だよ。東京と大阪の社旗は光のなびき方が逆なんだ。俺のデザインは東京式だった訳」

「お前は若い頃から今の今まで、何でもが逆なんだからな」

と、アクビが言えば、誰かが「逆もまた真なり」と呟いた。どうやらサカンらしい。

「で、ね」

話を中断されたカセグヨはカイナシを睨みつけ、

「漱石は入社の挨拶に大阪まで出掛け、初めて大阪からの誘いだったと知る。そこでやむなく、入社後の執筆は東京からの依頼以外にも直接大阪依頼も受けるということで一応決着した訳だ。ここまでは推理じゃない。歴然とした事実だ。ここからが推理。人によっては邪推という奴もおるかも知れんが、まあ『蛇推《じゃすい》』だな。蛇のように鋭い推理——」

「蛇の道をヘッピリ腰のヘビが這い——」

よしなさい！　アクビさん。

「俺の推理はただの推理じゃないぜ。裏を読むんだ。『推裏《すいり》』だよ」

カセグヨは指で裏という文字を描いてみせた。

「その〔蛇推推裏〕で話を進めるとだな、新聞社に入社した漱石、最初は『虞美人草』なんかで社の期待通りのものを書いたものだ。しかし、次第次第に陰気なものばかりになってきた」

「この間、先生に聞いたわ。新聞社に入る前は面白いものばかり書いていたって」

イヤダワがカイナシにニッコリ微笑みかける。ウーム、ウーム。

「その通り。嘉比もたまにはいいこと教えるんだな。その新聞社は『猫』や『坊っちゃん』を期待していたんだ。ところが『三四郎』はまだいいが、出てくるのは『それから』『門』『行人』

『道草』『明暗』。陰気そのものだよ」

「陰気もの記すは小さなインキ壺――」

　誰もアクビには反応しない。

「その陰気作品が日本文学の傑作だったんだよ」

　カイナシはイヤダワを諭すように言う。が、カセグヨは蔑んで言い切る。

「漱石自身が言っている。自分の読者は『文壇の裏通りも露路も覗いた経験はあるまい』とね。あの新聞は文壇的芸術誌じゃない。小説を掲載するのは、人気を集めて部数を増やすための営業的戦略に過ぎないんだ。恐らく新聞社では弱っただろうよ。この陰気さじゃ部数は伸びない、とね。しかし、漱石に文句は言えない。入社の際、あなたの好きなものを書けばよろしいと約束してしまったんだから。しかもなお、気に入らんからといってクビに出来ない事情もあった」

「あっ、そうよ。先生から貰った入社の時の手紙。免職にならないように社主に保証して貰うって。ネエ、先生」

「嘉比、お前もなかなかやるなあ。それなんだよ」

「虎の威を借りれど負けとらリストラも――」

　黙って、黙って！

「やむを得ず新聞社は考えたね。下手な鉄砲も数撃ちゃ当たる、と。で、ドンドン書かせることにした。が、結局はうまくいかない。エエイッ、それなら小説を止めさせろ。そして、文芸欄の編集をやらせろ。そもそもその新聞社が文芸欄を作ったのは、漱石への嫌がらせだったんだ。漱石が友人に頼まれて他紙にいくつも書いたのに激怒して、うちにも文芸欄を作って漱石に担当させろ。あの漱石、編集なんて煩わしいことは大嫌いなはずだ、とね。ところが漱石、うまいんだな。よし、そっちがそうならこっちもこっち。編集なんて俺はせんよ、と弟子にやらせることにしてしまった。しかるにだ、漱石がそう出たら新聞社も黙ってはいない。新設した文芸欄というのがあるのに、わざわざその横に新聞社独自の文芸記事を載せるなんてひどいことをする。さらにニュースが多いからといって文芸欄を何度も休載させたりする。漱石先生カンカンだ。で、結局文芸欄は一年少しで廃止してしまった」

「いや、あの廃止にはいろいろな理由があったんだ」

やはりカイナシはイヤダワに説明しようとする。

「理由と膏薬はどこへでも付くさ。オヤ、違ったかな？　まあ、そんなことより新聞社のやり口を見なきゃ。さあ漱石が怒ってきたぞ。よしよし、もうすぐだ。文芸欄廃止の後で奴等はまたも考えたね。著名作家短編シリーズ。この編集をやらせよう。人にものを頼むのが嫌いなあの漱石、さぞ弱ることだろう、とね。事実漱石は周章狼狽。あわてふためいた手紙があるよ」

「頼まれるのが好きで、頼むのが嫌なんですね。ウチの親父みたいだなあ。親父なんか連帯保証人にいくつもなって、そのうち一人は死んじゃって。ヒイヒイ言ってますよ」

親父のヒイヒイは一向に関係ない、とでも言うように焼酎を傾けながらサカンが呟く。

「あなたも大変なのね。それで大工になるのね」

傾けたグラスに焼酎を注いでやりながらイヤダワ。

「みんなどうして僕が大工になるって言うんだ。いい加減にしてくれよ」

「大工さん第九の合唱聞く頃よ――」

言うまでもなくアクビ。

「そうよ、あたしね、町内会の合唱団に入ってるの。市のホールで年末にやるのよ」

嬉しそうにオセワヨが反応する。

「第九なんてどうでもいいわ。その短編シリーズどうなったの?」

イヤダワの声はいつも少しキツイんだな。もっとソフトに、しなやかに!

「あわてて始めたが、そのうち新聞社の担当者と喧嘩してしまう。怒った漱石『短編の原稿をまとめる事を社の方でやつて頂きたい』と降りてしまったんだ。ところが、それで済まないのだからあの新聞社はすごいね。漱石の依頼である女流作家が新聞社へ短編を送った。ところが、新聞社はその原稿を失くしてしまった。そう言うんだな。新聞社が原稿を失くす訳はないじゃないか。嫌がらせ以外の何物でもない。漱石はその作家に言っている。『もう一返御書きになるならば無論もう一返原稿料を取るやうになさい』とね」

「君たち、勘違いしちゃいけないよ。新聞社といったって今のように巨大じゃない。当時はまだチッポケな会社だったんだから」

カイナシが囁く。

「チッポケたって大漱石を高給で雇ってるんでしょう。それだけでも巨大じゃないの」

イヤダワのまるで叫び声みたいな口調にアクビがからむ。

「チッポケは嫌だわあたし巨大好き――」

イヤダワは知らん顔。それなのにカイナシがドギマギ。いかんな、これは。これ以上隠しておけない。記しておこう。実はいま覗いたカイナシ日記、何とこのイヤダワへの想いが綴られていたんだ。「かの厳しき口調、誠に心地好けれ」なんて書いてある。「誕生会に呼べり。師弟を越えたる情、いつの日か通じあわん」とある。どうも気掛かりだよ。これまで独り身できたのに、なぜ今ごろになって女ごときに。そもそもだ、あのイヤダワに旨い肉ジャガなんか作れる訳ないだろう。

「巨大チッポケはさておいてだ、漱石は入社後すぐからこの新聞社への不信感を抱いていたようだな。入社した年の夏のボーナスがえらく少なかった。漱石、ものすごい手紙を新聞社に出している。『総務局より臨時賞与として五十円貰へり。定めて入社当時に話しのあつた盆暮の賞与の意味なるべし。夫ならば大分話が違ふ。始め君の周旋の時は一年二期に給料の二ヶ月分宛位といふ事であった』と噛みついたのだ。さらに、弟子の作家の原稿料が当初約束した額よりかなり少なかった。[g]これにも憤慨の手紙を出している」

「それは違うよ。その二つとも漱石の勘違いだったんだ」

パイプの煙がイヤダワにかからないように吹かしながらカイナシ。

「勘違いであろうがなかろうが、そんなことは問題じゃない。漱石の心理に新聞社への不信感が溜まってきていることを言いたいだけだよ。例えばだ、連載小説でも平気で飛ばして掲載したりしているんだ。[h]『呑気な不都合もあるもんだ。読者は何とも云はない。気のついたのは作者ばかりだらう』とこぼしている。半ば諦めたような口調じゃないか。すっ飛ばしで最もひどいのは『満韓ところ〴〵』だ。満州と韓国へ旅行した。これは新聞社の金で行ったのじゃない。[i]南満州鉄道の総裁をやっている友人から五百円貰って行った個人的旅行だ。帰って二日目の手紙に『僕は旅行中胃カタールで非常に難義をした。是から少々静養だ』と書いている。しばらく休みたいと思っていたのだ。ところが、新聞社は休ませない。勝手に旅行などしやがって、すぐに旅行記を書かせろ、という訳だ。帰国四日後にはもう『満韓ところ〴〵』を連載させているんだ」

「我慢なりところどころの胃の痛み——」

いちいち誰の文句か記すのも面倒だ。以下、川柳はすべてアクビ作。

「ところがだ、静養したい漱石に書かせておきながら、あの新聞社、紙面の都合がつかないからとたびたび休載するんだからあきれるね。誰だって頭にくるぜ。とうとう我慢しきれなくなった漱石、十二月三十日掲載文の最後に『二年に亘るのも変だから一先やめる事にした』と記して執筆を止めてしまった。二年が変とは妙な言いがかりだが、それよりももっと変なのはタイトルだよ。満州のことはある程度書いていたが、韓国のことはまだ一行も書いていないのだからな。嘘っぱちのタイトルになってしまった訳だ」

「しかし、あれは新聞社内で『満韓ところ〴〵』じゃなくて『漱石ところ〴〵』だとかなり不評だったんだよ」

口をはさんだ弟を睨みつけたオセワヨ、

「旅行ガイドブックじゃないんでしょう。印象記なんだから作者の地が出るのは当たり前じゃないの。だからこそ意味があるのよ。そんなこともわからないの、あんた！」

と、食いちらかした皿を片付け、大きな籠にミカンとリンゴを盛ってテーブルに置く。

「俺が言ったんじゃないぜ。新聞社が言ったんだよ」

「新聞社ところどころの勘違い――」

不思議にも、アクビの駄川柳にミカンをつかんだカセグヨが大きく頷いた。

「そうなんだ。新聞社も勘違いばかりなんだよ。漱石の掲載作品、いたるところに誤植だらけだったようだ。新聞社へ宛てた校正注意の手紙が何通もあるが、その中で『私の原稿が汚いのに校正を云々するのは気の毒です』と、一応へりくだっているが、結局はズバリ『小生の書いたものは新聞として大事でなくとも小生には大事であります』と言明しているからね」

「誤植は文字を扱う場合に付きものだよ。このロボ太にゴショクとワープロ打たしてみろ。御所区になったり五色になったり、時には五四四九になることもあるぜ」

カイナシめ、失敬なこと言うな。五四ならば四九じゃないぜ。二〇だよ。そんなこと知らずにワープロなんて打てるものか！

「まあ、それやこれやで漱石の胃、ますます痛むことになる。『門』を書いている時など『近頃身体の具合あしく書くのが退儀にて困り候（略）今度は或は胃腸病院にでも入つて充分療治せんかと存候』なんて手紙を出しているくらいだ」

「門書きて胃の病院の門叩き――」

「そうだよ。病院へ行ったのが六月。一時入院の後、養生のために修善寺温泉へ行く。そこで大吐血。人事不省の危篤状態になってしまう。何とか死なずにすんだが、東京の病院へ戻り、正式に退院したのは翌年の二月。実に九カ月の闘病生活だったんだ」

「かなりひどい病気だったのね。どういう病気なの？」

イヤダワがリンゴをむいてカイナシに渡しながら問う。どうもいかんね、これは。

「胃潰瘍だよ。当時の医学からすれば相当きつい病気だったはずだ。はずだったが、すごいのはあの新聞社だ。退院後五カ月目の漱石に、明石、和歌山、堺、大阪の四カ所で講演させている。もちろん、新幹線も飛行機もない時代だ。病み上がりの漱石にはどれほどきつい仕事だったか。奥さんは言っているよ。『真夏のことではあり、暑さは暑し、健康の人にしてからうだつて了ふ時なのですから、病弱な人がよしたらいい』と。しかるに漱石、義理のある新聞社からの依頼だからと出かけていった訳だ。そう言いながらも漱石は弟子に『暑いのに気の知れぬ事に候それが大阪の新聞のどの位の利益になり候や疑問に候』と書いているんだから」

「義理のためギリギリ胃をもみ講演す――」

「そうなんだよ。最後の大阪が終わったらまたも吐血。三週間大阪の病院に入院さ。当たり前じゃないか。人事不省危篤で九カ月入院。退院してまだ半年も経っていないんだよ。倒れないのが不思議というものさ」

「そんな決死的講演で何を喋ったんです?」

皮もむかずにリンゴにかぶりつきながらサカン。

「いろいろ喋ったようだが、面白いのは最後の大阪での講演だ。私がこうやって演壇にいるのは新聞社の広告のために立っているのだ、と言っている。『打ち明けた所を申せば今度の講演を私が断つたつて免職になる程の大事件ではないので、東京に寝てゐて、差支があるとか健康が許さないとか何とか蚊とか言訳の種を拵へさえすれば、夫で済むのです』と喋っている。俺を免職なんかには出来んよ、と大聴衆の前でぶちまけた訳だな」

「決死の講演にしては、あまり大したことは喋らなかったんですね」

「いや、そうじゃない。敵がそう出るなら俺にも言い分がある。漱石にすれば必死の抵抗を試みていたのだよ。しかるに、免職にはならんと言明したすぐ後にまたも吐血入院だ。すると敵の新聞社は入院先の病院まで追っかけてくる。講演でぶっ倒れて病臥している病人をつかまえ、その講演録の校訂をさせているんだから、全くあきれて物も言えんよ」

「なかなかしぶとい敵なんですね」

とサカン。

「会社なんてしぶといものよ。だからあたし、どこの会社もいやだわ」

とイヤダワ。

「しぶとさに負けて校訂しぶしぶと――」

「『速記の訂正を依頼され病気を力めて片付けにかゝり居候』という訳だが、しぶとい敵にも一人くらいはいい人物もいる。漱石に入社を勧めた池辺という人だ。『演説の訂正を始めた所へ池辺三山が来てそんな余計な事はせんでもよいと云つて例の草稿筆記を奪つて持つて行つて仕舞つた』と記されている。この人は漱石入社以来、常に漱石の面倒を見てくれる唯一の人だった。修善寺大病の時も、かなりの金を治療費として会社に出させている。まさに西郷さんだ」

そう言ってカセグヲは、西郷さんならこう飲むんだとでもいうように、グイッと一気に薩摩焼酎をあおった。

「さあ、これからが蛇推推裏の頂点だ。いいかね、君達」

もったいぶって一同を見渡した後、どういう訳か僕に向かってウインクした。

「部数増長のための人気小説。それを全く書かなくなった高給夏目漱石。是非ともに辞職させるべく幾多試みるも一向に効き目なし。万やむを得ぬ。あの池辺三山を辞任させよ。さすれば池辺を深く信奉する漱石、必ずや池辺を追って辞職するに相違あるまい。こういう結論に達した訳だ」

「西南の役にて西郷自刃なり――」

エキでジジン？　駅でジシンにあったのかな？

「新聞連載中の若手作家の作品をめぐり、社内で激論が交わされた。有力社員ほとんど全ては連載中止を力説。ただ一人池辺だけがその若手作家を擁護した。その作家が漱石の弟子だったからだ。孤立無援の池辺、ついには辞職せねばならなくなった。と、まあこのように伝えられている。しかしだ、ただそれだけで主筆という最高地位の人が辞めたりするかね。他にもいくつかの理由があげられているが、これは歴然たるクーデターだよ。そう言わざるを得まい。案の定、狙い通りに漱石はこの知らせを聞いてすぐに辞表を出した。漱石リストラ手段として池辺主筆の解職。これが俺の蛇推だよ。推裏なんだよ」

「お前、完全に間違っているよ。何故って、漱石は結局は辞めなかったんだから」

大きくパイプを吹かしながら、カイナシ、イヤダワを見ながら勝ち誇ったように言う。

「漱石先生はお前みたいに無益なパイプなんかは吹かさなかったね。先生は有益なホラ貝を吹いたんだよ。辞表を見たら新聞社もさぞ驚くはずだ。必ず引き留めるに違いない。そう読んでいた漱石、辞表という見事なホラ貝を吹いたのさ。実際、新聞社は困った。あまりにも狙い通り行きすぎる。主筆に続いて漱石辞任。これでは新聞社に対して読者の疑問が深まるに違いない。その疑問はいずれ新聞社批判に変わってくるだろう。漱石を辞職させたいのはやまやまだが、急ぐのはまずい。とりあえずは一応辞表は返しておく方が得策だ、という訳で、まあまあと引き留めただけのことさ。ヘビだよ。ウラなんだよ。わからんかなあ。事実漱石が手紙に書いているぜ。『僕見たやうに横着をしてゐて夫で不平がましく出るの引くのといふのは実際義理知らずのやうでもある』とね。まだある。日記だが『出たいといふものを何だ蚊だと云つて引き留めるにも当るまいと思ふが、其処が人情か義理か利害か便宜かなのだらう』とある。

ちゃんと最初から新聞社の利害や便宜を読んでいた訳だよ」

「嫌だわ。よほど高給が気に入ってたのね」

何もかも嫌なんだな、この女。きっとカイナシも嫌がられるに違いあるまい。

「漱石も実は嫌だったんだろう。翌年の手紙には『小説をやめて高等遊民として存在する工夫色々勘考中に候へども名案もなく苦しがり居候』とあるからね」

「そんな苦しみなんか、高等遊民を止めりゃすぐにも消えてしまいますよ。こんなことも知らずに、偉そうに一人でウンウン苦しがっているような作家先生には僕はまるで用はないですね。勝手にどうぞお苦しみくださいい、ですよ。ねえ、先生」

サカンの言葉にカイナシ先生、黙ってただプカリプカリ。

「で、その高等遊民さん、新聞社に勝ったの、負けたの。どっちなの?」

イヤダワ、カイナシにせがむように問いただす。が、答えたのはカセグヨ。

「我が下等遊民先生にはご意見もないようだね。では蛇推推裏を続けよう。かの遊民先生、辞表差し戻しで一時は勝ったかに見えた。だがしかしだ、敵もサルもの引っ掻くもの。ここに病歴と作品歴とを記したので見たまえ」

と、ワープロ文を示した。

一九〇九年　十月『それから』終了後胃カタル。同病を押して『満韓ところ〴〵』
一九一〇年　六月『門』終了後胃潰瘍。修善寺にて危篤状態。入院中『思ひ出す事など』
一九一一年　二月退院。八月関西四カ所講演直後胃潰瘍で入院。
一九一二年　四月『彼岸過迄』終了後痔疾入院。十二月『行人』開始。
一九一三年　三月胃潰瘍で『行人』中断。九月に再開。
一九一四年　八月『こころ』終了後胃潰瘍。
一九一五年　二月『硝子戸の中』終了後胃潰瘍。十二月『道草』終了後リュウマチ。
一九一六年　一月『点頭録』執筆なれど糖尿病で中止。五月『明暗』開始。十一月胃潰瘍で中断。そのまま十二月九日死去。

「こんなの嫌だわ。書くたびに病気だなんて」

そう言ってカイナシを覗きこむ。ウーム、この二人、どうなんだね、一体？　しかし、カセグヨは一向気付かず喋り続ける。

「その通りだよ。引つ掻くサルの狙いも実はそこにあったんだ。入院中にもあれこれ書かせているし、『時々休んで呉れと申し叱られ候』というように、休筆を申し入れても容赦なく拒否されている。暗に言えばだ、新聞社は漱石に次々執筆させて病状悪化を企んでいたということになる。そうでないと断言出来るかね？　漱石四十九歳死去の全貌はこれなんだよ。かの森鷗外は『宮内省陸軍省皆縁故アレドモ生死別ルル瞬間アラユル外形的取扱ヒヲ辞ス』と勇ましい言葉を残して死んだ。漱石は？　何の言葉も残さなかった。ただ鏡子夫人が記しているだけ。『ふと目をあけまして、子供の顔を見ながらにやあつと笑ひました』と。侘びしいけれどね。おい、ロボ君、どうだい、君はどう思う？」

たくさん人様がいるのに、どうして僕に聞くんだい。そんな難題には即答できないよ。

「ワンカンエン。ワンカンエン」

「さてさて、一体何と答えたのかね」

「我関せず焉、と言ってるのよ」

と、答えたのはイヤダワ、いや、呼び捨ては失礼だ。イヤダワ様。感謝感涙！　いままで僕に何の関心も示してくれなかった女が、いや失礼、女性の方がこんなにも早く理解してくれるとは！　あなたへの評価を誤っていたようです。ボルゾイ姫の次に素晴らしい女性の方、それはあなただ！　ああ、カイナシもこういうあなたに惹かれたんですね？

「なるほど、さすがロボ君、賢いね。あの新聞社を批判するような不届者の仲間には加わらないって訳だな。じゃあ、君たちは？」

「僕は新聞なんて全く読む気がしませんから、どうでもいいですね」

「新聞なんて嫌だわ。だって儲けることだけが存在理由じゃないの。このインターネット時代に」

イヤダワ様、その意気、その意気。

「ウーム」

これはカイナシ。情けないな。いくら何でもこれじゃイヤダワ様の気も惹けまい。

「偉そうに新聞社なんて言ったって、単なる一企業じゃないの。企業にはいろいろ問題があるものなのよ。そこへいくとやはり警察ね。警察が断然一番よ」

オセワヨが片付け始めながら言う。

「ローサイはウッタエいでぬローサイと――」

アクビが訳のわからない川柳を口ばしった。

「ローサイって?」

イヤダワ様も同じ疑問を持ったらしい。答えたのはカセグヨ。

「なるほど、老妻は訴えいでぬ労災と――か。確かに現代だったらそうなるだろうね。しかしね、いくら俺が蛇推推裏で真相を解明しても、漱石先生は喜ばないだろうね。『猫』で言ってるんだ。『凡そ世の中に何が賤しい家業だと云つて探偵と高利貸程下等な職はない』とね。真相なんかをわざわざ究明などして欲しくないのさ。何故って、漱石先生とっくに新聞社に愛想をつかしていたんだから。新聞社宛にこんな手紙を出しているんだ」

そう言ってカセグヨは大声で読み上げた。

『昨日は又ずるい了見から総務局の呼出しに応ぜずその為め色々な御手数を掛けまして何うも申訳がありません。社長の一同に通知された事を御親切に御教示下さいましてありがたう存じます詳しい事は自身出席しても忘れるものですから大して必要がなければ教へて頂かなくてもよろしう御座います』一九一四年　朝日新聞社内山本松之助宛手紙
「そこまで愛想をつかしていて、どうして辞めなかったのかな」

呟いたカイナシにオセワヨが噛みついた。

「そんなこと決まってるじゃないの。あたしみたいないい姉さんがいなかったからよ。あんたは愛想が尽きたらすぐ辞めちゃうけど、苦労するのはあたしなんだから」

どうもどうも、まるで嫁さんの台詞みたいじゃないか。

「いや、今まではそうだったかも知れんが、これからは――」

「何がこれからよ。これからなんて、今の時間じゃないけれど、もう遅すぎるわよ。さあさあ、お開きよ――あら、パーティを閉じること、お開きと言うのね――そしたら、加勢さんのいう裏読みも、結局は表読みになる訳よね」

時計を見ると十時半。カイナシの「これから」という台詞がすごく気掛かりだけれど、しか

たがない。急いで隣の部屋から色紙をくわえてカイナシに渡した。

「そうだ、忘れていた。ロボ太と話していたんだ。今日の記念に川柳の寄せ書きして貰おうって。俺も書くからさ」

最初、みんなは面倒臭そうに顔をしかめていた。が、しばらくすると少しずつ興が乗ったのか頭を寄せて書きだした。僕もマジックをくわえてポンと一つの「点」を打ってやった。出来上がった色紙を見つめてカセグヨが言う。

「漱石大先生曰く。『死んだら皆に柩の前で万歳を唱へてもらひたい』と。そこでだ、漱石大先生と嘉比小先生のご冥福を祈って万歳といこう」

「おいおい、俺はまだ生きてるぜ」

「生きたも同然、死んだも同然。大先生続けて曰く。『本来の自分には死んで始めて還れるのだ』。大小両先生、万歳！」

三唱だった。カイナシ、最初二唱は沈黙。最後の一唱は声高らかに叫んだものだった。

「さようなら」「おやすみなさい」とそれぞれに挨拶する中、カイナシ、しばし玄関の式台をウロウロしていたが、靴を履いているイヤダワ様に思い切ったように囁いた。

「伊野君――」

イヤダワ様、その囁きに応えてカイナシを見上げた。そしてニッコリ、

「何なの？　先生――アッ、そうだ！　言うのを忘れていたわ。あたし就職やめることにしたの。大学へ行くことに決めたのよ」

それを聞いたカセグヨ、アクビ、サカン、

「何、大学？　あそこは稼ぐためだけにやってる所だよ」

「あんな所、行っても欠伸が出るだけだぜ」

「何だかあそこは遊びが盛んなんだそうですね」

そしてカイナシもボソリ。

「甲斐性なしだけが行く所だよ」

中年三人男と青年一人を見つめわたし、イヤダワ様は高らかに言った。

「大学っても、先生、アメリカのよ。合衆国のよ。あたし頑張るわ！」

みんなキョトン。僕は半分ほど喜び、思わず跳び上がった。一瞬沈黙のあとカイナシ、

「そりゃあすごい」

大声をあげ、ワァッハッハッ、と思いっきり笑った。今日一番の笑顔である。みんな怪訝な顔でカイナシを覗き込む。

「いやいや、何でもない。ただ、二十一世紀は女性の時代だということを再実感したまでだよ。そうか、そうなのかい。伊野君、頑張れよ。ただし、だ――ほどほどに、な」

こうしてみんな寒い風の中へ帰っていった。カイナシは何を思っているのか、しきりにパイプを吹かせている。ふと、小さな呟きが聞こえた。

『吾恋は闇夜に似たる月夜かな』

漱石先生の句だ。可哀想に——。

「おい、ロボ太。今夜お月さん出ていたかい？」

先ほどのオシッコの際に空を見たが、月はなかった。僕は首を振った。またも小声。

「『恋をする猫もあるべし帰花』。おい、ロボ太。帰花って知ってるかい？」

小声だけれど、可哀想どころか結構元気そうな声。僕は「知らん」と大きく首を振った。

「狂い咲きのことさ」

ニヤニヤ笑いながら言ったと思うと、今度は僕を見つめてかなり大きな声。

「『逝く人に留まる人に来る雁』か。なーるほどね。さーてと、今日は死の誕生日。明日からは本来の自分に初めて還れる訳だ。よーし！」

何が「よーし！」なのかわからんなと思っていたら「風呂にしよう」と、一声叫んで立ち上がった。要するに、どうってことないんだ。人騒がせ、いや、犬騒がせな飼い主だよ、全く。

さて、カイナシはこれでよしとして——たくさん先生の句を羅列しやがったな。いや、実を言うと僕もカセグヨ説の結末を聞いて思い浮かべていたんだ。死の直前の句を。

『吾心点じ了りぬ正に秋』

北斎とかいう絵描きさんは九十歳で死ぬ間際、あと五年生きられれば真正の画工になれたものを、と悔やんだとか。そこへいくと漱石先生、心を点じ終わって、ニヤァと笑って亡くなったんだから、まあいいのだろう。寄せ書きの僕の「点」はこの句をいただいた次第なのだ。

俳句といえば、先生の名を一躍有名にした吾輩猫君のお墓の句『此の下に稲妻起る宵あらん』を思い出す。漱石先生には申し訳ないが、『猫』のあの幕切れはかなりのインチキだな。多分稲妻のせいで間違ったんだろう。『難有い々々々』と呟きながら自分が死んでいく様子を自分自身で記しているんだから。そんなこと出来る訳ないよ。しかし、まあそれはともかくだ、全く何の寄与もしなかった我が同輩、飼い犬君の墓標はこうである。

『秋風の聞えぬ下に埋めてやりぬ』

猫殿に比べて何とも情けない句とは思うが、貢献度の差なんだからしかたあるまい。この飼い犬のいた先生宅、いつも泥棒さんは出入り自由自在だったとか。その情けない句をいただいて僕も早々に眠るとしよう。風呂上がりのカイナシなんて見るのも嫌だよ。

冬風の聞こえぬ寝床に埋もれてやりぬ——。

いや、待てよ。寄せ書きを記すのを忘れていた。みんなあまりうまい字じゃないな。一人も署名なし——完だが、それもまたよかろう。

盛んなり誕生祝いと命日と
欠伸して寝転ぶ夢か朝の日や
稼ぐよと病魔睨むや書くほどに
お世話よね裏と表のお札様
嫌だわと言わずに学べ新世紀
甲斐なしのこの世を捨てて次の世へ
ヽ（↑これは僕）

〈完〉

a『明治の文章では、もう余程以前のことであるが、日本新聞に載つた鉄崑崙といふ人の「巴里通信」を大変面白いと思つた。其頃ひどく愛読したものである。因に云ふが鉄崑崙は今の東京朝日の池辺氏であつたさうである』一九〇六年「余が文章に裨益せし書籍」

『是迄話が着々進行して略纏まる段になつたにはなつたが、何だか不安心な所が何処かに残つてゐた。然るに今日始めて池辺に会つたら其不安心が全く消えた。西郷隆盛に会つたやうな心持がする』一九一二年「池辺君の史論に就て」

b『東京大阪を通じて計算すると、吾朝日新聞の購読者は実に何十万といふ多数に上つてゐる。其の内で自分の作物を読んでくれる人は何人あるかは知らないが、其の何人かの大部分は恐らく文壇の裏通りも露路も覗いた経験はあるまい』一九一二年「彼岸過迄に就て」

c『今度朝日の小説欄が私のが済んだら諸家の短篇十回もしくは十二回のものを連載する事になりました夫で事が急なので狼狽して方々に依頼しました』一九一四年　野上豊一郎宛手紙

d『社へ返事をしてくれといつてやつたのに○○といふ男は黙つてゐます不都合だと思ひます返事をしない処へあれを送るのは厭です其意味からしてもう社へは交渉しませんどうぞあしからず』一九一四年　津田青楓宛手紙

『短篇の原稿をまとめる事を社の方でやつて頂きたいと思ひます（略）あとのものに就ての心当りは少々ありますが是はあなたの方で御極めになりたい人があるなら私を省略して直接御極め下さい』一九一四年　朝日新聞社内山本松之助宛手紙

e『大事な原稿がなくなつたさうで甚だ驚ろきました新聞社だの活版所などゝいふものは第一に原稿を大事にしなければ済まないのにどうした事でせう実に不都合だと思ひますもう一返御書きになるならば無論もう一返原稿料を取るやうになさい。社のものはあやまりましたか。あやまらなければ私の所へ云つてきて下さい。責任者か〔ら〕一応の挨拶を致させるやうにします』一九一四年　田村俊子宛手紙

f『小生一昨十日総務局より臨時賞与として五十円貰へり。定めて入社当時に話しのあった盆暮の賞与の意味なるべし。夫ならば大分話が違ふ。始め君の周旋の時は一年二期に給料の二ヶ月分宛位といふ事であつた。(略)僕は賞与がなくとも其日には困らぬ。又実際アテにもする程の自覚もない。然し貰つて見るといやである。金の多少でいやといふより池辺、弓削田両君の如き君子人が当初の条件を守られぬといふ事がいやである。(略)小生が朝日に対してなし得る事は微少なり五十円にも当らず。只それは入社の条件とは別問題なり』一九〇七年 坂元三郎宛手紙

g『森田草平の媒烟は社へ掲載の約束なりたる当時原稿料は大塚氏のそらだき同様にてよろしきやとの渋川氏の問に対し承知の旨を答へ置候。そらだき原稿料は一回四円五十銭と記憶致し候が間違いに御座候や 本日森田参り社へ稿料をもらひに行つたら媒烟は一回参円五十銭なる故最早渡すべき金なしと山本君より云はれたる由 それで小生の考と原稿料の点に於て少々矛盾相生じ候』一九〇九年 朝日新聞社内坂元三郎宛手紙

h『大阪の新聞で虞美人草を一回ぬかして済して掲載してゐる。呑気な不都合もあるもんだ。読者は何とも云はない。気のついたのは作者ばかりだらう』一九〇七年 畔柳芥舟宛手紙
『大阪の日曜付録には蕪稿掲載なし多分此つぎ位に廻したるならん』一九〇八年 林原耕三宛手紙
『永日小品はなぜ東京へ載せなくなり候や小生にも分らず候』一九〇九年 大谷正信宛手紙
『文芸欄は近県の地方版には出ない事になつたさうで夫は私が入院中の事でちつとも知りませんでした』一九一一年 川羽田隆宛手紙

i『四十二年の夏頃、当時満鉄の総裁だつた中村是公さんが出ておいでになりまして、一度満州へやつて

来ないかといふお誘ひ。金がないよと申しますと、金はやるから来いとあつて、何でも五百円かを戴きました』夏目鏡子「漱石の思ひ出」

j『満韓ところ〴〵此間の御相談にてあとをかくべく御約束致候処伊藤公が死ぬ、キチナーが来る、国葬がある、大演習がある。――三頁はいつあくか分らず。読者も満韓ところ〴〵を忘れ小生も気が抜ける次第故只今渋川君の手許にてたまりゐる二三回分にてまづ御免を蒙る事に致し度候』一九〇九年　朝日新聞社内池辺吉太郎宛手紙

『僕は新聞でたのまれて満韓ところ〴〵といふものを書いてゐるが、どうも其日の記事が輻輳するとあと廻し〔に〕される。癪に障るからよさうと思ふと、どうぞ書いてくれといふ。だから未だにだら〳〵出してゐる』一九〇九年　ベルリン寺田寅彦宛手紙

『茲処まで新聞に書いて来ると、大晦日になつた。二年に亘るのも変だから一先やめる事にした』一九〇九年「満韓ところ〴〵」

k『虞美人草の校正に付ては今迄色々校正者の注意により小生の間違も直して頂いた事もあつて大に感謝の念に堪へん訳でありますが、時々原稿をわざ〳〵御易になつた為め読者から小生方へ尻が飛び込む事があります。（略）あれは少々困る』一九〇七年　朝日新聞社内渋川柳次郎宛手紙

『小生小説「心」の校正につき一寸申上ます。校正者は無暗にてにはを改め意味を不通にする事があります。それからわざと字をかへてしまひます。（略）向後の校正にもう少し責任を帯びてやるやうにそのかゝりのものに御注意を願ひます。あれ以上出来ないなら已を得ませんからゲラを小生の方へ一応御廻送を願ひます。小生の書いたものは新聞として大事でなくとも小生には大事であります』一九一四年

朝日新聞編集長佐藤眞一宛手紙

『今日（二十二日）の十九回目の道草の仕舞から二行目にある「裡に強い健三の頭」は「理に強い健三の頭」です。意味が通じなくなるから一寸御注意を願ひます。私の原稿が汚いのに校正を云々するのは気の毒ですから、大概は其儘にして置きます』一九一五年　朝日新聞社内山本松之助宛手紙

『私の小説の誤植は是から面倒でもそのつど訂正して頂く事にしませうか。（略）先づ今日のを二つばかり指摘しますから明日か明後日もし後れば其あとで構ひませんせん故活字でさう断つて下さい』一九一五年　朝日新聞社内山本松之助宛手紙

l『現に私が斯うやつて演壇に立つのは全然諸君の為に立つのである、唯諸君の為に立つのである、と救世軍のやうなことを言つたつて諸君は承知しないでせう。誰の為に立つて居るかと聞かれたら、社の為に立つて居る、朝日新聞の広告の為に立つて居る、或は夏目漱石を天下に紹介する為に立つて居ると答へられるでせう』一九一一年大阪講演「文芸と道徳」

m『僕大阪表より帰京するや否や痔疾に苦しめられ切開の結果、まだ床をのべて寝てゐる次第故社へも久しい間顔を出すことが出来なかつた所、昨日三山君が来て主筆をやめたと突然いふので大変驚ろいた、事の起りは森田の攻撃から始まつた其余波として君が三山君との言葉の行違から大事に至つたのだといふ顚末を概略耳にした時愈驚ろいた』一九一一年　弓削田清一宛手紙

n『昨日妻が机の前へ来ていふには「あなたなぞが朝日新聞に居たつて居なくたつて同じ事じやありませんか」「仰せの如くだ。何の為にもならない」と答へた。すると妻は「たゞ看板なのでせう」と云つた。余は「看板にもならないさ」と答へた。出たいといふものを何だ蚊だと云つて引き留めるにも当るまい

と思ふが、其処が人情か義理か利害か便宜かなのだらう』一九一一年「日記」
o『目下御承知の小説に追はれ一日後れると社の方で一日休まねばならぬ始末にて大弱りの処に候　過日時々休んで呉れと申し叱られ候』一九一二年　笹川臨風宛手紙
『まだ原稿を書くと頭がふら〳〵し。立つと足がふら〳〵し。胸も時々痛みますが。今日ためしに一回かきました。是があとずつとつゞくとよう御座いますがあとが危険ですからあなたの方の都合の出来るまで少し溜めて置いて出す訳には参りますまいか。まだ流動物で俊寛の如く存在致居候』一九一三年　朝日新聞社内山本松之助宛手紙
p『死んだら皆に柩の前で万歳を唱へてもらひたいと本当に思つてゐる、私は意識が生のすべてであると考へるが同じ意識が私の全部とは思はない死んでも自分〔は〕ある、しかも本来の自分には死んで始めて還れるのだと考へてゐる』一九一四年　林原耕三宛手紙

本書中に引用した漱石の文章は、岩波書店版『漱石全集』（昭和三十四年刊）に拠りました。

あとがき

「漱石論」は山ほどあります。こう記せば、あたかもそれら無数の本を読了しているかのように聞こえるかも知れません。一冊も読んだことはないのです。なぜ読まない？　苦手だからです。なぜ苦手？　多分難しいからなのでしょう。

実を言いますと、これを執筆している時に思ったのです。「待てよ。一冊も漱石論を読まない者がこんなものを書けるのかな？」。で、早速近くにある市立図書館の分室を覗いてみました。狭くて小さな分室ですが、比較的新しい漱石論がありました。どこかの大学教授の本が二冊、元雑誌編集長のものが一冊。急いで借りました。一冊目を繰ると『女性も主体化される時代、しかも、それを実現する通路にほとんど選択肢がなかった時代に、ロマンチック・ラブ・イデオロギーは魅力的な言説として流通したが、社会によって構造化された問題の帰結を自己の問題——容貌や性格など、個人の問題として理解させるその仕組みには女性にとって過酷な矛盾が含まれていた』。何だかよくわかりません。やむなく二冊目を開きました。『この美女は、漱石の心の深層の無意識の内にあって、今やまさに生けるがごとき艶麗さを保ったまま、死んで埋没しようとしている、理想の女性像であり、ユング派の分析心理学の用語を借りれば、彼のアニマにほかならないと思える』。これまたわからない。いや、わかりたいという気がおこらない。わかりたくないことは避けて通る――幼少の頃からの慣習です。で、三冊目の元雑誌編集長に挑みます。この人、漱石の姻戚の方だそうで、さすが元編集長、実によくわかるように記されています。記されてはいるのですが、別にどうと言うこともありません。『草枕』の一節に能楽「高砂」で『箒をかついだ爺さん』を見たとあるが、あれは間違い。爺さんは熊手を手にして出てくるのであって『箒をかついだ爺さんなんてありはしない』というようなことが記されているからです。箒だろうが熊手だろうが『草枕』の楽しさには何の関わりもありません。著者ご自身もその指摘のつまらなさにニガ笑いされておられるようです。こういう次第でこの本も読む気になれず、三冊ともそのまま返却しました。

『智に働けば角が立つ。情に棹させば流される。意地を通せば窮屈だ』。その通りなのかも知れません。が、私の智は角の立つほどのものでもなく、流されるだけの情もありません。ただ、悪しくも若干の意地のみがあったのでしょう。結局、企業勤務失格者となってしまいました。失格してみますと妙なもので、世の失格者だけが親しい人のように思えてきます。『是からは人に逢ふ度に君は神経衰弱かときいて然りと答へたら普通の徳義心のある人間と定める事に致さうと思つてゐる』。漱石の書簡です。私はこの「神経衰弱」を「失格者」に置き換えて一人ニヤニヤしたものです。ひとたび失格者となりますと眠れぬ夜が続くもの。そんなつれづれの折りにひもとくのが『漱石全集』三十四巻だったのです（もっとも、これらの本を読めばますます眠れなくなるのですが）。ああ、夏目漱石も失格者であったなら、もっともっと——こう考えながら読んでいくうちに、ふと思ったのです。漱石先生は新聞社員適格者？　ひょっとしたら失格者ではなかったのか。これが発端でした。

漱石といえば決まって猫ですが、犬も結構可愛がっていたようです。ところがその愛犬、他人を見たら激しく吠えつく始末。で、巡査が苦情を申し入れに来ました。漱石先生大反撃。「悪いのは犬ではない！　吠えられる奴の方だ」。それからしばらく後、その愛犬、漱石宅の前である婦人に噛みついて大騒ぎ。何とその婦人、巡査の奥さんでした。その奥さん、漱石宅の前の空地へ人目をはばかりながらゴミを捨てに来ていた——というような話もあります。

執筆の際、多くの引用をさせていただきました『漱石全集』。同書刊行の岩波書店に深くお礼を申しあげます。さらに、出版にあたりましては、文芸社の馬場先智明さん、遠藤敬さんに大変お世話になりました。ありがとうございます。

二〇〇二年八月

村田　有

著者プロフィール

村田 有（むらた ゆう）

1939年、兵庫県生まれ。
神戸大学文学部卒業。
会社勤務を経て、デザイン専門学校講師を勤め現在フリー。
著書『映画夢想館』（風濤社）。

漱石犬張子

2002年10月15日　初版第1刷発行

著　者　村田 有
発行者　瓜谷 綱延
発行所　株式会社 文芸社
〒160-0022　東京都新宿区新宿1-10-1
電話　03-5369-3060（編集）
03-5369-2299（販売）
振替　00190-8-728265
印刷所　神谷印刷株式会社

ISBN4-8355-4492-7 C0093
日本音楽著作権協会（出）許諾第0208424-201号